异端的肖像

異端の肖像

[日] 涩泽龙彦 著

刘佳宁 译

民主与建设出版社
·北京·

© 民主与建设出版社，2024

图书在版编目（CIP）数据

异端的肖像 /（日）涩泽龙彦著；刘佳宁译 . -- 北京：民主与建设出版社，2024.5
ISBN 978-7-5139-4477-9

Ⅰ.①异… Ⅱ.①涩… ②刘… Ⅲ.①随笔—作品集—日本—现代 Ⅳ.① I313.65

中国国家版本馆 CIP 数据核字 (2024) 第 032454 号

ITAN NO SHOZO by TATSUHIKO SHIBUSAWA
© RYUKO SHIBUSAWA 2008
Originally published in Japan in 1986 by KAWADE SHOBO SHINSHA Ltd. Publishers
Chinese (Simplified Character only) translation rights arranged with
KAWADE SHOBO SHINSHA Ltd. Publishers, TOKYO.
through TOHAN CORPORATION, TOKYO.

本书中文简体版权归属于银杏树下（北京）图书有限责任公司。

版权登记号：01-2024-1580

异端的肖像
YIDUAN DE XIAOXIANG

著　者	［日］涩泽龙彦	译　者	刘佳宁
出版统筹	吴兴元	责任编辑	王　颂
特约编辑	石儒婧	营销推广	ONEBOOK
封面设计	墨白空间·李国圣		
出版发行	民主与建设出版社有限责任公司		
电　话	（010）59417747　59419778		
社　址	北京市海淀区西三环中路 10 号望海楼 E 座 7 层		
邮　编	100142		
印　刷	天津中印联印务有限公司		
版　次	2024 年 5 月第 1 版		
印　次	2024 年 5 月第 1 次印刷		
开　本	787 毫米 ×1092 毫米　1/32		
印　张	6.25		
字　数	110 千字		
书　号	ISBN 978-7-5139-4477-9		
定　价	40.00 元		

注：如有印、装质量问题，请与出版社联系。

目录

001 ◆ 巴伐利亚狂王——十九世纪德国

027 ◆ 二十世纪的魔法师——二十世纪俄罗斯

049 ◆ 现实中的夏吕斯男爵——十九世纪法国

073 ◆ 巴别塔的隐遁者——十八世纪英国

095 ◆ 幼儿杀戮者——十五世纪法国

117 ◆ 恐怖大天使——十八世纪法国

141 ◆ 颓废少年皇帝——三世纪罗马

186 ◆ 后记（初版）

189 ◆ 后记（新版）

191 ◆ 后记（文库版）

巴伐利亚狂王——十九世纪德国

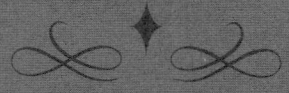

在今天谈起路德维希二世或许是一种时代错误。对于这位被巴伐利亚传说遮蔽的童贞王、作为音乐家瓦格纳的赞助人而闻名的患有厌人症的狂王,十九世纪末已有诸多艺术家怀着热烈的思慕之情献上无数礼赞。魏尔伦①与格奥尔格②曾在诗中吟咏,比昂松③和邓南遮④意图在戏剧里

---

① 魏尔伦(Paul Verlaine,1844—1896),法国象征派诗人。涩泽龙彦译有魏尔伦的色情诗集合本《女与男》,插画作者为池田满寿夫。此处指魏尔伦的诗《致巴伐利亚的路德维希二世》(À Louis II de Bavière)。如无特殊说明,本书注释均为中译本译者及编者所加。
② 格奥尔格(Stefan George,1868—1933),德国象征主义诗人。此处指诗集《阿尔加巴尔》(Algabal)。
③ 比昂松(Bjørnstjerne Bjørnson,1832—1910),挪威剧作家、小说家、诗人,1903年获得诺贝尔文学奖。
④ 邓南遮(Gabriele D'Annunzio,1863—1938),意大利诗人、记者、小说家、戏剧家。

重现,莫里斯·巴雷斯①在小说里言及,阿波利奈尔②也常在奇妙的短篇里派他作为主人公出场。科克托③与达利自始至终都没有舍弃对他的关心。在日本,众所周知,鸥外的小说《泡沫记》④的背景便是发生在这位病弱之王身上的扑朔迷离的自杀事件。悲剧之王登场的通俗小说、通俗电影也不胜枚举。

然而于我而言,路德维希二世与希特勒类似,他们都在德意志的土壤里生根发芽,是浪漫主义中最为衰弱的形式的体现者之一。在王失衡的人格里,可以辨认出二十世纪艺术与权力间尖锐危机意识的深远回响。直截了当地讲,路德维希二世不仅作为艺术家是赝品,作为王和权力者同样是赝品。作为交换,他委身于一个时代对疯狂的预感。这一点也正是我对王的兴趣所在。敏锐的十九世纪末

---

① 莫里斯·巴雷斯(Maurice Barrès,1862—1923),法国小说家、散文家、记者、社会主义者。此处指巴雷斯的小说《法律之敌》(*L'ennemi des lois*)。
② 阿波利奈尔(Guillaume Apollinaire,1880—1918),法国诗人、小说家、艺术评论家。下文的"短篇"指短篇小说《月之王》,收录于《被虐杀的诗人》(*Le Poète assassiné*)。
③ 让·科克托(Jean Cocteau,1889—1963),法国诗人、小说家、剧作家、设计师和导演。代表作品有小说《可怕的孩子们》;电影《诗人之血》《可怕的父母》《美女与野兽》和《奥菲斯》等。涩泽龙彦译有科克托的小说《劈叉》(*Le Grand Écart*)、散文诗式小说《波托马克》(*Le Potomak*)与多部戏剧。其中《劈叉》是涩泽翻译出版的第一部译作。
④ 《泡沫记》与小说《舞姬》《信使》同属森鸥外(1862—1922)的"留德三部曲"系列。

艺术家们数不胜数的致敬，也可以证明他们在这位王的人格中，发现了尚未明确却强烈吸引他们的事物。用疯狂来补偿一个始终无法被满足的全能，这样一个灵魂无论如何都是伟大的，艺术家们凭借自己的直觉如是思考。

"您知道，巴伐利亚年轻的王想会见我。今天我被领到王面前侍奉。啊，王如此高贵优美，情感丰沛又才华横溢。我惧怕王那如同诸神缥缈的梦一般的生命会因俗世纷扰而消失破灭。王爱我，以他深切亲密的感情和初恋般的热烈。他对我无所不知，像理解他自己的灵魂般理解我。我在王身旁驻留，工作和休息。他盼望我演奏我自己的作品，为此他情愿惠赠我所必要的一切。王的视线有魔法般的魅力，你无法想象。我只愿王能永远安康。可我恐怕这是难以轻信的奇迹。"

瓦格纳把这封感激涕零的书信从慕尼黑寄给旧友维勒的妻子伊丽莎（Eliza Wille）时（1864年），路德维希二世终于年满十九岁，在数周前刚刚即位。如瓦格纳的笔墨所传达的那样，照片上年轻的王高挑挺拔，忧郁暗淡的眼中闪耀着燃烧的瞳仁。王拥有罗马式的清新美貌。这副容貌里也有某种懦弱，某种令看到他的人感到不安的奇妙的脆弱。"诸神缥缈的梦"就是在说明这种感触吧。这位年轻的神是否拥有太多迎上现实的狂风便会破碎的梦？音乐家的灼灼慧眼早已洞穿多年以后王的悲剧。

然而还有一种说法，声称致使路德维希二世疯狂的正是瓦格纳。这无疑是极端的意见，但也并非毫无依据。如马克斯·诺尔道[1]的主张，瓦格纳主义是神经症和退化的表现，那么年轻的王敏感的精神从瓦格纳主义那里充分吸收了危险的毒素，也并非不可思议。关于这位拜罗伊特[2]魔术师的音乐里蕴蓄的危险毒素，尼采不也曾说过"瓦格纳使人患病"吗？（《尼采反瓦格纳》）尼采在这里只是一味批评作为剧场之人的瓦格纳和言行举止酷似演员的瓦格纳，从这个层面来讲，路德维希二世说不定确乎是在瓦格纳的影响下痼疾恶化的。换言之，依尼采所言，在诸多艺术形式中将剧场艺术视为翘楚的这种信仰，正是瓦格纳主义的颓废和危险性，这点也和路德维希二世的情况吻合。自十六岁在慕尼黑的剧场听过《罗恩格林》[3]而深受感动时起，直至晚年，孤独的王只知晓奇观（spectacle）的快乐，而不知其他快乐。他的人生本身就像一场歌剧，装饰着闪烁和夸张的事物。如此说来，王在领地的四面八方修建的那些使他声名远扬的奢华城堡，也不过是剧

---

[1] 马克斯·诺尔道（Max Nordau，1849—1923），匈牙利的犹太复国主义者、医生、小说家、哲学家、社会评论家。
[2] 拜罗伊特是德国巴伐利亚的一座非县辖城市，位于美因河河谷，是上弗兰肯行政区的首府。在路德维希二世的赞助下，瓦格纳曾在此建造自己的歌剧院，即拜罗伊特节日剧院。
[3] 《罗恩格林》（*Lohengrin*），瓦格纳创作的一部三幕浪漫歌剧，于1850年首演。

场而已——是他可以自己饰演自己的剧场。王乘上天鹅拖曳的小舟，热烈盼望着自己可以化身为英雄罗恩格林。城是舞台的背景装置，对他而言舞台背景始终是必要的。被瓦格纳煽动而勃发的剧场趣味就这样渐渐侵蚀王的精神，催化王的自闭症宿疾，就像海伦基姆湖宫（Schloss Herrenchiemsee）"镜厅"里的镜子游戏一般，无止境地割裂着属于王的世界景象。

依我看来，路德维希二世与尼采之间有诸多相似之处。前者出生于1845年，后者出生于1844年，他们都有孤独的癖好、天真烂漫的感情以及对性的羞耻心。他们一生都不曾与女性深入交往。并且他们在青春期都被瓦格纳的诅咒附体，几乎将瓦格纳奉为神明，为此耗尽爱与热情，最终疏远这位音乐家。施行瓦格纳情结的切断手术，对他们两人而言一定伴随着近乎自杀的受虐般的苦痛与快感。无须赘言，巴伐利亚的狂王与热爱命运[①]的哲人，他们的人生轨迹和世界观都有很大不同。首先，前者是易沉溺于感性之士，后者是依赖智识的人。然而这于我而言无足轻重。不如说重要的是他们生活的抛物线描绘着相似的轨迹，都从彻底的孤独和对外界的厌恶出发，最终幽闭在孤独里，独自表演并发狂而死。据茨威格所言，"弗里德

---

① 热爱命运（amor fati）为尼采的哲学概念。

里希·尼采的悲剧是一出独角戏：在他的一生这短暂的场景里除了他自己外，没有任何其他人物"。[1] 尼采与头痛、胃痉挛、痉挛性呕吐以及失眠做斗争，在没有任何舞台装置的房间里，他只为他自己写作，向着破灭毅然前进。我想或许将尼采这个有机体的齿轮装置稍作修改，他就会变成巴伐利亚的狂王。

就像让-雅克·卢梭为宣传社会契约思想而利用了十八世纪巴黎社交界的贵妇人们，理查德·瓦格纳为了完成歌剧三部曲，利用了名声显赫的维特尔斯巴赫家族末裔年轻的王。这件事在历史上已成定说。那么王收到了怎样的还礼呢——与瓦格纳之名紧密相连，在十九世纪艺术史和思想史上傲然屹立，地位无可动摇。倘若未能与瓦格纳联系在一起，王的个人悲剧恐怕很快就会被遗忘。

*

我还想谈谈作为路德维希二世传说之中心的几座著名城堡。不过他自己建造的城堡，数量并不像传说中的那么多。他兴建的城堡共有三座，第一座是位于蒂罗尔的格拉斯旺（Graswangtal）山谷间的林德霍夫宫；第二座邻近

---

[1] 译文引用自《与魔鬼作斗争：荷尔德林、克莱斯特、尼采》，斯蒂芬·茨威格著，徐畅译，译林出版社，2013年。

巴伐利亚与蒂罗尔之间国境山脉中的菲森城镇，名为新天鹅城堡；第三座是建在被称为"巴伐利亚之海"的沼泽地区一座岛屿上的海伦基姆湖宫。此外还可以添上王并未亲自参与建设的霍恩施旺高城堡①（王的父亲马克西米利安二世所建）。这座城堡建在新天鹅城堡陡峭的岩山下，与后者反映着相同的趣味和精神。在路德维希二世的幼年时代里，父亲的城堡守护了他对唐豪瑟②和罗恩格林骑士故事的梦想。但这座城堡采用了让人产生亲近感的传统样式，这一点与其他城堡不同。也就是说，霍恩施旺高是为人类居住而建造的，而路德维希二世兴建的三座城堡则与之相反，并非人类的居所。只能说那是为幻想家而建的一种别墅。他自己停留在城堡的时间也极为短暂。他生前在新天鹅城堡逗留不足百日。王逗留在此前建成的林德霍夫宫的时日稍长，但那不过是因为这座城堡是王避人耳目，偷偷与喜爱的演员和歌手（均为男性）谈情说爱的隐蔽场所。第三座城堡海伦基姆湖宫因王去世而中断工程，王仅在那里逗留了九天。

这些城堡并非全部选用瓦格纳的主题来进行装饰。林

---

① 霍恩施旺高城堡（Schloss Hohenschwangau），又译高天鹅堡、旧天鹅堡。
② 唐豪瑟（Tannhäuser），中世纪德国恋歌作家和诗人，后成为传说的主人公。除了已知其作品写于约1230年至1270年间之外，世人对其生平了解甚少。瓦格纳以他为灵感创作了歌剧。

德霍夫宫和新天鹅城堡的壁画与室内装饰都大幅选用了古老中世纪的传说与诗歌的主题，它们经由瓦格纳的音乐复活。被郁郁苍苍的冷杉林环绕的新天鹅城堡，氛围犹如梦幻剧，有几个凸窗、望楼、塔楼和铳眼，中世纪式的神秘外观无可匹敌。被唐豪瑟的梦想附身的王，在这里也修建了与林德霍夫宫中类似的有人造钟乳石洞窟的房间。在夜里，王穿着往日骑士的服装，在穹顶极高的"王座厅"和"歌手厅"的壁画前游荡。特里斯坦[①]、罗恩格林、帕西法尔[②]、瓦特堡歌唱大赛[③]、维纳斯的山丘[④]……还有随处可见的天鹅。

作为日耳曼英雄传说的象征，天鹅的装饰甚至在林德霍夫宫洞窟里的碧蓝水面上也能看到。这座城堡是凡尔赛宫的仿造品，样式混乱，不如说是《一千零一夜》的城堡更为妥帖。与新天鹅城堡相仿，它被蒂罗尔山间的冷杉林环绕，土地一年中有一半时间被雪覆盖。可以说是奇妙的凡尔赛。王还欣喜地为它取了 Meicost-Ettal（Ettal 意为

[①] 特里斯坦（Tristan），瓦格纳的歌剧《特里斯坦与伊索德》的主人公。特里斯坦受马克国王的委托，护送爱尔兰的公主伊索德与国王成婚。船上两人误服了伊索德之母为女儿准备的爱的媚药，引发一场悲恋。
[②] 帕西法尔（Parsifal），指瓦格纳的歌剧《帕西法尔》的主人公。帕西法尔是亚瑟王传说中圆桌骑士团的成员之一。在瓦格纳的歌剧中，圣洁的骑士帕西法尔从魔女手中救出了因圣枪造成的重伤备受折磨的王。
[③] 指瓦格纳的歌剧《唐豪瑟与瓦特堡歌唱大赛》。
[④] 指瓦格纳的歌剧《唐豪瑟与瓦特堡歌唱大赛》中，同时是爱欲的女神和娼妇的维纳斯居住之地。

结合之谷）的爱称，这是"朕即国家"（L'État, c'est moi）的易位构词游戏。城堡中的各个房间里挂着路易十五的爱妾和宠臣们的肖像画，使用了华托和布歇①画作的复制品。在这般历史空想式的放荡里，王令人惨不忍睹地生活着。

海伦基姆湖宫则有过之而无不及。它只是对凡尔赛宫的一场巨大的东施效颦，除此之外别无其他。也就是说，它把一切都献给了法兰西君主专制的神话和太阳王路易十四的荣光。象征太阳的孔雀装饰取代了天鹅，装饰在几乎所有角落。仅是"仪式厅"的壁挂和正面的二十三扇窗的窗帘上的刺绣，就需要三个女人七年的岁月，可见豪奢至极。"镜厅"比凡尔赛宫的更宽敞，相对的镜面十米高，镶着红色大理石边框，铺满纵深百米的大厅的墙面。

凭依于王精神上的美学是德意志的民族文学和法国十八世纪的美学，它们看似属于不同的系统，实则为同一个梦想的表里。从帕西法尔到玛丽·安托瓦内特②，同一个梦魅惑他，将他俘虏。也即他全身心地仅仅为了保持王者的尊严而存在。德意志骑士故事也好，波旁王朝也好，他不在意他人的想法，始终将它们视作自身面容的反映。

---

① 华托（Jean-Antoine Watteau，1684—1721）和布歇（François Boucher，1703—1770）均为法国洛可可时代代表画家。
② 玛丽·安托瓦内特（Marie Antoinette，1755—1793），法国国王路易十六的王后，在法国大革命中被处死。

如此看来，路德维希二世的城堡不仅仅是一个梦的实现，它同时也是一个囚徒的妄想。王虽然逃入了梦的世界，但梦却旋即成为大理石与青铜、水晶与绢布的现实。王被人工的现实捕捉，再度深陷于苦痛之中。无论是怎样的梦，久久停留都会成为牢狱。

探访巴伐利亚王的城堡的访客们都会厌恶王的坏品味。但在世人眼里，王的坏品味却不在于他的装神弄鬼与哗众取宠，缺乏均衡感或过度装饰——并非美学范畴，而在于王者的荣耀感的夸示和自尊心的放浪。那已经是独属于王自身的趣味，试图在石头、黄金和青铜构建的人工现实内部，重现早已与现实脱节的、独属于过去的绝对权力观念的徒劳努力，便是王的趣味。正因如此，美术评论家或许会对这些城堡感到失望，而心理学家却兴趣盎然——这些城堡在艺术的领域之外，是病弱灵魂的城堡。

路德维希二世的生活因愚不可及的传说而通俗化，而事实上那不过应被视作一个病人的生活，一个逐步亢进的分裂症患者的生活。随意一瞥从青春时代到去世之前，以及苦恼的晚年时王的照片，便可以理解这一点。青春年少时耀眼的美貌和气质给人一种偏女性的、同时又神经质般妄自尊大的印象，而这些却慢慢让位给某种轻慢和有气无力。三十五岁过后，脸开始肿胀，脖颈变得肥厚，高大的身躯再也无法遮掩肥胖的体质。曾经令瓦格纳赞叹"有魔法般的魅力"的双眼，也黯然失去光泽。战战兢兢的、失焦的神情。梦游患者的表情。——在获得王最后宠爱的年轻犹太演员约瑟夫·凯因茨①与王的二人合影里，王的形貌目不忍视。他慵懒地披着毛皮领口的外套，心神不宁的姿态丑陋又滑稽。

说到梦游患者，路德维希虽崇拜太阳王，却没有投身于赫奕的太阳崇拜，他反而喜爱沐浴月光和人工照明的冷光。此外，月亮还对他的精神起到了不可思议的作用。夜里，他经常戴着圆顶硬帽，裹着厚实的毛皮衬里的外套，乘着饰有王室纹章的黄金雪橇，由四匹并列的马牵引着，在沐浴着月光、白雪皑皑的山野间驰骋。据说在霍恩施旺高城堡的庭院里还设有人工的月亮，用来照亮湖水。对济慈而言，月亮是蛊惑人心的女性，而对路德维希而言，或许是男性。阿波利奈尔巧妙地把他唤作"月之王"。这是疯狂的别名。

伴随着外表的变化，王的内在也渐渐凋落，这些都被如实记载于王的日记里——那是弥足珍贵的人类记录。这部他从二十六岁开始一直写到去世前六天的日记，是十七年间灵魂苦闷的记录，或许也可以称为肉欲的日记。就像

---

① 约瑟夫·凯因茨（Joseph Kainz，1858—1910），出生于匈牙利的奥地利演员，1873年至1910年间活跃于德国和奥地利的戏剧界。1880年进入慕尼黑国家剧院，成为路德维希二世最喜欢的演员之一。

陷入恶习的孩童一心一意向着什么事物祈祷，他详尽地记下自己的罪恶与悔悟。王积习难改的小儿型性格就像日记里循环往复的誓言与挫折，从单调的日记文字上也能看出来。他数次重新许下诺言，但每次都重蹈覆辙。路德维希便是这样无法成熟、无法发展的人。

在日记里最初出现的名字是主马寮的年轻马夫里夏德·霍尔尼希（Richard Hornig）。这个拥有美丽的金发和碧蓝的双眼、清瘦又肌肉分明的青年，在日记里被称为R。王在战斗。当然，文中没有明确讲明是在与肉欲作战。但我们无法在其中读出王与之战斗的其他对象。试引一小节。

> 1871年6月29日——去史鲁克茨（Schlux）散步。绝不忘记4月21日在宝塔山宫（Pagodenburg）的小亭子里许下的诺言。我最终会变成精灵吧。我感到自己被清爽的空气包裹。
>
> 我重复我的誓言。我的誓言和我是王一样真实。我会遵守它。9月21日之前什么也不做。去思考其他办法。事不过三。想起5月9日的事。第三次！

数字的神秘主义在日记中占据重要部分。也可以从中读出，身为神圣之王的自觉，几乎是他与肉欲斗争的唯一动机。"百合的香气。王的欢喜。语言的起誓,其支配力与魔力来自王自身。"这段文字中的王大概是路易十四。这显然是将法兰西之王、法兰西王室的纹章——百合花作为咒语呼唤,期待着得到它灵验的加护。如此看来,路德维希的誓言,并非依赖于抵御肉欲的意志之搏斗,而更依赖魔法式的言语祈祷,完全是坐享其成。

我想着日记里或许会有如同"三个月内禁止一切刺激"或者"在这以上不能再近一步"这样的句子,文章里却是"不可以再手淫了。如有违反必严罚。以我们的友情起誓。无论发生什么,6月3日之前什么也不做"。他是天生的同性恋者,却没有众多同性恋者身上极为常见的认同并合理化自己的肉体倾向的意志。他似乎一直为被呵责而苦恼。即便他的问题是与女性间的正常性关系或者是自渎——事实上也正如日记中所暗示的——他的负罪感恐怕也不会消失。他要求自己拥有超乎限度的纯洁和清净。纷繁的肉欲对他而言无法承受。只因他是神圣的王。

日记里还有路德维希手绘的百合纹章和太阳光线的稚拙图画,下面写着难以辨认的、精心设计的署名"朕即是王"或"以王之名"。多么孩子气的自矜之举。这才是那位说着"朕即国家"的、现实中的当权者路易十四世的讽刺肖像画。但我在这里也不由得想起晚年尼采疯癫的大脑里浮现的诸多署名,如"被钉在十字架的""敌基督者"

和"皇帝尼采"。他们深切的孤独,以及从孤独的无间地狱之底抛掷上来的、象征符号般单纯的语言里所蕴蓄的巨大荣耀,都令我战栗。那是在现实世界或者思想世界里斩断了与权力的羁绊之人才能拥有的奇怪的不逊。事实上,路德维希只对他自己而言是王,尼采也只对他自己而言是皇帝。但反复输给肉欲诱惑的王想必也体悟到,即使只是对他自己的肉体,王的神圣也无法涉足。王的肉体已经无数次被亵渎,只剩下一种神圣的残骸。这使他备感煎熬。

*

巴伐利亚王国是1806年路德维希二世的曾祖父马克西米利安一世[①]经拿破仑册封而成立的近代国家,虽然王国历史短暂,可君临王国的维特尔斯巴赫家族[②]历史可以追溯到九世纪,是查理大帝[③]时代以来德意志南部的名门

---

① 马克西米利安一世(Maximilian Ⅰ,1756—1825),也被称为马克西米利安四世·约瑟夫(Maximilian Ⅳ Joseph),最后一位维特尔斯巴赫家族的巴伐利亚选帝侯、第一任巴伐利亚国王。
② 维特尔斯巴赫(Wittelsbach)家族,起源于德国南部的巴伐利亚,因上巴伐利亚的维特尔斯巴赫城堡而得名。
③ 查理大帝,又称"查理曼",欧洲中世纪早期法兰克王国的国王(768—814年在位)。维特尔斯巴赫家族共产生过两位神圣罗马帝国皇帝:路易四世(1314—1347年在位)和查理七世(1742—1745年在位),均来自该家族分支;以及一位德意志国王。

望族，过去一度被称为藩侯①、选帝侯②，路德维希二世是其直系后代。他的祖父路德维希一世是一位性情阴晴不定、热爱艺术又随心所欲的国王。他使首都慕尼黑成为辉煌的艺术之都，却因和爱尔兰出生的著名舞女洛拉·蒙特兹③之间的艳事暴露而被市民弹劾，在1848年被迫退位。（他的孙子因为厚待音乐家而被慕尼黑市民攻击，这一点与他相似。）他的儿子马克西米利安二世是保守而缄默的国王，却痴迷于建筑，修建了霍恩施旺高城堡。马克西米利安二世的王后出生于普鲁士的霍亨索伦家族④，生了两个儿子，即后来的路德维希二世和他的弟弟奥托。奥托在路德维希被废位后居于王位直到1913年，但他因疯狂而与废人无异，从青年期起就一直被囚禁在宫中。与兄长的命运结合起来考虑，不得不承认这个尊贵的家系有不祥的遗传痼疾。

路德维希二世的姑祖母的女儿是后来成为奥地利皇后

---

① 藩侯（Markgraf），又称边境伯，是神圣罗马帝国爵位的一种，其历史可追溯到查理大帝时期。
② 选帝侯（Kurfürst），指有权选举罗马人民的国王的德意志诸侯。
③ 洛拉·蒙特兹（Lola Montez，1821—1861），本名伊丽莎白·罗莎娜·吉尔伯特（Elizabeth Rosanna Gilbert），家喻户晓的舞蹈家、演员。
④ 霍亨索伦（Hohenzollern）家族，勃兰登堡-普鲁士（1415—1918）及德意志帝国（1871—1918）的主要统治家族。

的伊丽莎白[1]。她是文学底蕴丰厚、容貌美丽的女子，被莫里斯·巴雷斯称为"孤独的皇后"。她常常在亚得里亚海与爱琴海乘船旅行，隐居在蒂罗尔山间的城镇里，享受随性而孤独的生活。她患有抑郁症，与路德维希气质相似，但不同之处在于她擅于用华美的词句表达自己的思想。在路德维希的厌人症变本加厉后，她仍与之保持着亲密的书信往来。她将他比作盘踞在山顶的鹰，而自己是憧憬自由的鸽子。由此也衍生出了对二人关系的臆测，但那不过是浪漫传说。

伊丽莎白出身于不祥的维特尔斯巴赫家族，亲族中有许多人惨死，丈夫的弟弟被杀害，丈夫的妹妹发疯[2]，儿子自杀，妹妹在火灾中离世。（事实上，这位在巴黎慈善集市的火灾[3]中被烧死的阿朗松公爵夫人，是路德维希二

---

[1] 伊丽莎白（Elisabeth Amalie Eugenie，1837—1898），通称"奥匈帝国的伊丽莎白"或"奥地利的伊丽莎白"，是奥地利皇帝兼匈牙利国王弗朗茨·约瑟夫一世之妻，即奥地利帝国皇后兼匈牙利王后以及波希米亚及克罗地亚王后。1955年罗密·施奈德与卡尔海因茨·伯姆合演的电影《茜茜公主》使她的名字广为人知。她的母亲巴伐利亚的卢多维卡公主是马克西米利安一世的女儿，即路德维希二世的祖父路德维希一世的妹妹。
[2] 丈夫的弟弟，可能指伊丽莎白丈夫弗朗茨·约瑟夫一世的弟弟马克西米利安诺一世（Maximilian I of Mexico，1832—1867），他也是伊丽莎白的表兄。丈夫的妹妹，可能指五岁死于癫痫的奥地利女大公玛丽亚·安娜。
[3] 指1897年发生于慈善集市（Bazar de la Charité）的火灾，这场火灾造成了126人丧生。前文提到的妹妹是伊丽莎白的妹妹巴伐利亚的索菲·夏洛特女公爵（Duchess Sophie Charlotte in Bavaria，1847—1897），她的丈夫是阿朗松公爵。

世年轻时的未婚妻索菲。这场姻缘已经过周全的筹备,仪式举行的时间也已决定好,却被路德维希无故取消婚约。)不幸不仅发生在她的近亲身上,还波及了伊丽莎白自身。她驻留在日内瓦莱芒湖畔时,被意大利无政府主义者卢凯尼暗杀。科克托的悲剧《双头鹰之死》(*L'Aigle à deux têtes*)便是以此事件为背景。

路德维希二世于1845年8月25日出生在慕尼黑近郊的宁芬堡宫(Schloss Nymphenburg)。宫中有庭院、湖水和石像,是巴洛克晚期最富有魅力的宫殿之一,它也是电影《去年在马里昂巴德》[①]的取景地,可能有人知道它。而路德维希二世的幼年时代则主要在父亲修建的山中城堡——霍恩施旺高城堡度过。顾名思义,这座城堡毗邻天鹅飞过的湖泊,被阿尔卑斯的美景环绕,这样浪漫的景致或许决定了未来的王的性格,但王也经受了极端形式主义的严苛教育。王只有弟弟这一位朋友,王的日常生活是修道院式的。

少年时代,他对丑陋的容貌异常敏感。在慕尼黑的皇宫里遇见相貌不佳的侍从,他会哭着面向墙壁。多年以

---

① 《去年在马里昂巴德》(*L'année dernière à Marienbad*),法国导演阿伦·雷乃执导的电影,上映于1961年,曾获威尼斯电影节金狮奖。

后，在圣乔治节①，只是因为负责传令工作的宫内官面容粗鄙，他便当即决定将其解雇，令周围的人很为难。虽然不知他究竟受到多么严苛的教育，但至少这位少年对伦理的需求和精神的形成都漠不关心，他只是出于本能地信赖自己的感性与官能亢奋，认为沉湎于此便能通向幸福。他在伦理上的需求，便只有生而为王的尊严，对自己以外的他者，他都毫无兴趣。

在宁芬堡宫和霍恩施旺高城堡，少年路德维希终日梦见中世纪德意志传说中的龙、无敌的骑士、战斗的处女和尼伯龙根的侏儒、骁勇善战的诸神的幻影。瓦格纳赋予它们全新的文学表达，路德维希在1861年他十六岁时，第一次在慕尼黑的宫廷剧场观看了《罗恩格林》的演出，体尝到直抵灵魂深处的感动。他第一次知晓一种奇迹，即幻影在舞台上可以成为现实。少年渴望自己也能成为罗恩格林。老奸巨猾的瓦格纳却说："对事物心怀欲望，其欢喜是巨大的，但放弃带来的欢喜则更多。"多年以后，路德维希不得不去咀嚼这个真理。

更为重要的是，这个少年的兴趣把他引往音乐、文学和艺术家那里，却没有朝向文化和美。路德维希在艺术中玩味的便只有逃离、忘却和舞台装置。没有任何统一的构

---

① 圣乔治为著名的基督教殉道圣人，英格兰的守护圣者。德国的圣乔治纪念日称为 Georgiritt，纪念活动在 4 月 23 日前后举行。

想，艺术不过是他与世界之间的一块遮光布。通过艺术他可以遮蔽恐怖而丑恶的庸碌日常。

关于路德维希初次观看《唐豪瑟》时的肉体反应，与他同席的侍从塞姆菲尔德（Semfelder）的记录如下文："唐豪瑟来到维纳斯之丘时，王子的身体在痉挛。因为痉挛过于激烈，我一瞬间担心他是不是癫痫发作了。"

路德维希青春期时，享有盛名的奇妙友情开始生长。最初的对象是比他年长两岁的图尔恩和塔克西斯的保罗（Paul von Thurn und Taxis）亲王——一位担任王子副官的年轻贵族近卫士官。三周里他们亲密无间，在贝希特斯加登（Berchtesgaden）的离宫生活。大概积极的一方是王子，保罗因他的要求而不安，畏惧流言蜚语，很快抽身退出。和演员埃米尔·罗德①去瑞士的群山中旅行是在他继承王位一年以后，即1865年。王本想避人耳目，他们的关系却早已人尽皆知。名字出现在日记里的马夫里夏德·霍尔尼希的存在，是考虑王的性生活的重要线索。

1867年5月，与瓦格纳初次相遇的三年后，王在贝格城堡（Schloss Berg）遇到了身着蓝色与银色上衣的年轻马夫。这就是当时二十七岁的霍尔尼希。两个人的关系进展飞快。或许是因为这段关系，王才决意放弃那时和索

---

① 埃米尔·罗德（Emil Rohde，1839—1913），德国戏剧演员。

菲已准备妥当的婚姻。与霍尔尼希的关系让王第一次对自己宿命般的肉体倾向产生了自觉。奇怪的是，与瓦格纳之间的精神契合却没受到丝毫阻碍。霍尔尼希和瓦格纳二人的洗礼名都是 Richard，但对王而言属于两个不同的次元，不如说是互补的存在。与此相反，王的心中没有留给索菲的位置了。

童贞王的诨名便由此而来。在女人面前的路德维希就像在布伦希尔德面前的齐格弗里德[1]，时刻深陷恐惧与不安。但齐格弗里德的恐惧与眷恋女人的热情互为表里，而王却没有那般热情。解除婚约后，王在日记里告白："抑郁烟消云散，我热烈地向往自由。我终于从战栗的噩梦中醒来。"他招进宫里的女人只有女伶和歌手。然而他并非全然不知道对女人亲切和殷勤。因他的纯洁（？）[2]，因他的童贞，因他青年时的美貌，事实上他也成为女人们赞美仰慕的对象。

童贞王与霍尔尼希的关系竟持续了近二十年。王的任何一位宠臣都不曾与王共同生活如此之久。霍尔尼希才是王的快乐与苦恼，罪恶与悔恨。林德霍夫宫那张豪华的床

---

[1] 齐格弗里德（Siegfried），日耳曼民族英雄传说中的英雄，因屠龙后沐浴龙血，获得不死之身而闻名。他出现在中世纪德语史诗《尼伯龙根之歌》的第一部中，后来成为瓦格纳的歌剧《尼伯龙根的指环》的主角。布伦希尔德在瓦格纳的歌剧中是齐格弗里德的妻子。
[2] 原文如此。——编者

常常因他而被玷污。1873年，王迷上了法兰西的年轻贵族瓦里库尔，1881年，他与演员约瑟夫·凯因茨一同去瑞士旅行，但这两次里离别都很早到来。

然而对于王的同性恋倾向，瓦格纳不可能不了解。但瓦格纳出于自尊心与虚荣，似乎深信赞助者对自己的热爱中没有性的因素。或许事实便是如此，因为王只有在对待瓦格纳时，欲望才能够得到升华。这个特例也佐证了音乐家的天才之处。音乐家与王之间清白的关系，从王多年以后的日记中也能获知——王为了不输给肉体的诱惑，常把瓦格纳的名字用作咒语。如果音乐家是王的罪责的共犯，王绝不会把他当作纯洁的守护神，在纸上唤醒他。

向来慎重的瓦格纳也一度在书信里失言，他给女性友人们的信里这样写道："即便拥有王的爱情，我可以舍弃女人吗？当然，我做不到。不过，倘若可以舍弃女人，我觉得也不错。看着王的照片，我想我似乎可以做到。"这样的心情素来无法长久，我们也无法想象没有女人的瓦格纳。

瓦格纳直截了当地说王对于音乐完全没有悟性。王拥有多少艺术鉴赏力一直是大家争相探讨的话题。谁也不能断言，比起音乐，他不是更喜欢舞台上帕西法尔银色的甲胄。他身在慕尼黑却一次也不曾走进老绘画陈列馆[①]，也

[①] 老绘画陈列馆（Alte Pinakothek）是德国慕尼黑的一座美术馆，也是世界上最古老的美术馆之一。

没有在那里买过一件新的艺术品。世世代代热爱艺术的巴伐利亚王之中,像他这样的王或许独一无二。他对绘画作品毫无兴趣吗?但是坦白来讲,恶俗的着色石版画就可以为他带来足够的满足。令人愕然的是,他对美本身毫无执着。他满足于显露现实之姿的仿造品,字面意义上的假象(Schein)。世界上还有这样缺乏独创性的王吗?凡尔赛宫是路易十四的独创,这一点毋庸置疑。但巴伐利亚狂王的城堡却完全是依样画葫芦,城堡中的家具摆设林林总总都遵循固有模式。他尊崇逼真到了可以说是现实至上主义[①]的地步,有一次他甚至请默默无闻的手艺人来修改宫廷画家画的壁画,只是因为壁画中天鹅的姿态不像他理想中的天鹅。

王常在新天鹅堡举行瓦格纳音乐的演奏会。他还偏爱席勒、莎士比亚、雨果等人的戏剧,常在城堡中招来心仪的演员朗读和表演。慕尼黑的剧场为王——这唯一的观众特别上演过二百一十回戏剧和歌剧。在那些时候,道具人员为了不发出声音,都穿着毡鞋。舞台在黑暗中隐没,但到了午夜十二点,灯光亮起,宣告王即将到来。王犹犹豫豫地躲在红色天鹅绒的包厢,一个人眺望舞台。面对空空

---

① 原文为"糞リアリズム",狭义上指与社会主义现实主义文学阵营相对立的,没有目的性地暴露庶民的丑恶及弱小的现实主义文学,广义上指复制日常生活的现实至上主义。

荡荡的观众席表演的演员们，有时会感到彻骨的恐怖。夜里用灯火照亮庭院的喷泉，点燃红色和绿色的孟加拉烟火是王的乐趣。如此看来，就像前文指出的那样，适合王的是舞台上的奇观。

在王一年一度造访尚未完成的海伦基姆湖宫时，每天夜晚他都悉数点燃宽阔的"镜厅"吊烛台内的三千支蜡烛。这仅仅是为了王、王的理发师和霍尔尼希这三位客人。空荡荡的大厅墙壁镶满镜子，反射着精雕细琢的无限银屏金屋。就这样从晚九点到翌日清晨六点，王只是无所事事地在"镜厅"里徘徊。忠实的霍尔尼希只得在他左右，一直陪伴他到天明。

因为财政困难，法尔肯施泰因城堡[①]等几座城堡设计虽已完成，却迟迟无法竣工。模仿北京皇宫的中国样式城堡和拜占庭风格的城堡也都在王的计划之内。"国库堪忧，自从我如此执着的城堡建设中止以来，我人生中最主要的乐趣便被剥夺了"，王在他死去那年——1886年的年初这样写道。但在断念之前，他曾恼羞成怒，以自杀相威胁，用尽计策来筹集建筑资金。债台高筑，承包者拒绝继续工事。即便如此，他也无法舍弃梦想。他曾认真思考："卖掉巴伐利亚这个国家就可以得到资金吗？"

---

① 法尔肯施泰因城堡（Schloss Falkenstein）是邻近德国普夫龙滕的中世时期古城遗址，是德国海拔最高的城堡。

在这样的执念之下建成的城堡,与世上一般的城堡不同也是理所当然的。坏品味?当然如此。对这位完全的幼儿性格者而言,耗资巨大的城堡无非是玩具。可以说它是空虚与非在的建筑物,是超越了一切有用性的超现实作品。想到它是众王中最后一位王的伟业,或许会产生感伤的印象。这些城堡里居住着幽灵、古董、落后于时代的虚饰,一切都是赝品。但与此同时,一切也都是真实。因为建造了如同自身讽刺肖像般城堡的王活在现实里。"和地上为自己重造荒邱的君王、谋士一同安息。"① (《约伯记》第3章)

关于王晚年那些奇怪的疯狂的征兆,已故的久生十兰②氏曾在文章里写过。我也想择日另作一稿。

---

① 据和合本《旧约·约伯记》3:13-15:"不然,我就早已躺卧安睡,和地上为自己重造荒邱的君王、谋士,或与有金子、将银子装满了房屋的王子一同安息。"
② 久生十兰(1902—1957),本名阿部正雄。日本小说家。此处涩泽提及的十兰的作品为纪实文学《泡沫记——路德维希二世与人工乐园》[泡沫の記(ルウドイヒ二世と人工楽園)]。

二十世纪的魔法师——二十世纪俄罗斯

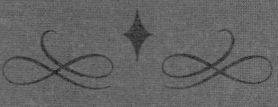

我最初接触乔治·伊凡诺维奇·葛吉夫（George Ivanovich Gurdjieff）的名字，是在科林·威尔逊[1]的一部公认颇有见地的文集《另类人》里。威尔逊简明扼要地说明了葛吉夫的神秘思想，他写道："他的方式可以看作是完整且理想的存在哲学。"从那时以来，他的名字就在我心中挥之不去，我寻来两三篇评传阅读后，对他有了更浓厚的兴趣。

我如饥似渴地一部部翻阅古今东西的魔法师评传，不单是出于对珍奇事物的好奇心，而是也与威尔逊一样，好奇他们对"人类如何扩大意识的范畴"这样的问题可以给

---

[1] 科林·威尔逊（Colin Wilson，1931—2013），英国小说家、评论家。评论集《另类人》（*The Outsider*）出版于1956年，从"存在主义危机"的角度论及萨特、加缪、陀思妥耶夫斯基、尼采等人，引起极大反响。后来他自称"新存在主义者"，也撰写科幻小说及犯罪小说。

出怎样令人期待的、积极的解答。痛感于物质繁荣的文明"缺乏精神上的紧张",似乎在摸索一种缓和手段的威尔逊没有借助于理性哲学,而是把目光投向宗教与神秘思想,这也许是理所当然的。数年来,我也在同一个方向上寻觅"精神的高潮"。根据汤因比[①]教授的观点,中国文明与拜占庭文明停滞,是因其在驱逐宗教的亡灵后未能目睹近代科学的诞生,弥补精神空白的只有文艺复兴(重回古代)。而引人注意的是,在克服了文艺复兴并驱逐了古代的亡灵,随后近代科学落地生根的西欧文明中,它新的文明武器——科学的对象并非人类的内部,而仅是外部的自然。人类的内部直到那时都是宗教家才能够应对的禁忌领域。刚诞生不久的崭新的科学,避开被宗教家独占的禁忌领域,将目光投向迄今为止尚未被开发的领域,即外部的自然,也是理所当然。科学原本就是这样的事物。那么在近代以后,仍旧深入探求这个禁忌领域的是谁呢?以我之见,那是可以被唤作魔法师的一群神秘思想家。

兰波梦想成为通灵者[②],寻求"各种感觉的组织性错乱"。尼采梦想成为超人,主张肯定苦痛和热爱命运。这

[①] 阿诺德·约瑟夫·汤因比(Arnold Joseph Toynbee,1889—1975),英国历史学家,著有《历史研究》。
[②] 详见1871年5月兰波致乔治·伊藏巴尔(Georges Izambard)和致保罗·德梅尼(Paul Demeny)的信件,收录于 Lettres du voyant。通灵者的法语原文为 voyant,日语中称为"見者"。

些十九世纪的诗人与哲学家的理想，都与魔法师向往的"精神的高潮"在方向上基本一致。1922年，葛吉夫携秘典从俄罗斯来到巴黎时，大多数西欧知识分子都生活在两次大战间的不安中。如虚无的花火般的超现实主义运动也发生在这一时期。葛吉夫周围形成的秘密结社般的气氛，在这个前卫艺术运动内部也能感知到。此外，有评论者指出，以希特勒为首的第三帝国领袖们的小集团也有与此相同的氛围。他们追求的恐怕是同一事物。我将在后文详细叙述。

约三十年间，葛吉夫在法国、英国、美国等地传授他的学说和肉体修炼法，在他身边汇集了大批信奉者。他似乎对靠近他的弟子们，使用了某种透视术或催眠术。在《神是我的冒险》一书中，罗姆·兰道[①]回忆起1930年前后在纽约遇到葛吉夫时的情景。他在与葛吉夫对话时双脚渐渐失去力气，不安阻塞了他的胸腔。在同一本书中还记录了作者熟识的一位美国作家的离奇经历：这位美国作家在某次集会的席间，与某位女作家相邻而坐，她的脸逐渐泛青，失神的模样让他震惊。在席间他也能看到葛吉夫的面孔。不久后她恢复平静，作家询问她理由，她这样回

---

① 罗姆·兰道（Rom Landau，1899—1974），波兰裔雕塑家、作家、教育家、外交官员以及阿拉伯和伊斯兰文化专家，《神是我的冒险》（*God is My Adventure*）为其畅销作品。

答:"虽然不好意思,但我刚刚的确感受到了高潮。刚刚我与你的朋友(指葛吉夫)视线交会,当那个人注视着我时,我就好像被他触摸了性的核心。"除此之外,还有许多证明葛吉夫的特异功能的事例。比如他看起来远比实际年龄年轻,在高强度的劳作后也不知疲倦,睡眠时间只需两三个小时便足够。

葛吉夫的信奉者中不乏著名知识分子,比如英国的文艺批评家奥雷奇[1]、《每日先驱报》的主笔罗兰·肯尼[2]、享誉世界的美国建筑家弗兰克·劳埃德·赖特[3]、纽约著名外科医生沃奇博士、创立了《新政治家》的夏普[4]、物理学家 J. G. 本内特[5]、曾刊载过乔伊斯的《尤利西斯》的

---

[1] 奥雷奇(Alfred Richard Orage,1873—1934),英国社会主义政治和现代主义文化代表人物。1924年后与乔治·葛吉夫合作,前往美国筹款及演讲,他也是乔治·葛吉夫作品的翻译者。
[2] 《每日先驱报》(*Daily Herald*),英国大众报纸,创刊于1912年。罗兰·肯尼(Rowland Kenney,1882—1961),英国外交官、政治宣传家、作家、编辑,在两次世界大战期间负责挪威及斯堪的纳维亚地区的英国政治宣传工作。他是妇女参政论者安妮·肯尼(Annie Kenney)的弟弟。
[3] 弗兰克·劳埃德·赖特(Frank Lloyd Wright,1867—1959),美国建筑师、室内设计师、作家、教育家。代表作品有罗比之家、东京帝国饭店、流水别墅等。
[4] 《新政治家》原文作"ニューヨーク・ステイツマン",疑作者笔误。《新政治家》(*New Statesman*)是英国伦敦出版的政治与文化杂志,创办于1913年。克利福德·夏普(Clifford Sharp,1883—1935)是其第一位编辑。
[5] J. G. 本内特(John G. Bennett,1897—1974),英国科学家、作家。因写作心灵学及灵性尤其是与葛吉夫的教义相关的书籍而闻名。

杂志《小评论》的发行人玛格丽特·安德森[①]、当过荣格弟子的精神分析学者扬博士、小说家阿道司·赫胥黎、契诃夫夫人、梅特林克第一位妻子歌剧演员若尔热特·勒布朗[②]、女作家凯瑟琳·曼斯菲尔德[③]、英年早逝的诗人勒内·多马尔[④]、路易·茹韦[⑤]等诸多姓名都包含在内。哲学家乌斯片斯基[⑥]是追随葛吉夫时间最长、最忠实的弟子，他在作品《寻求奇迹》（1950年）里致力于普及恩师的哲学。

"对我而言，葛吉夫是一个谜。在他身上我看到的与其说是教祖，不如说是文艺复兴时期不可思议人物的面

---

① 《小评论》（*The Little Review*），美国文学杂志，在1914年至1929年期间刊载了乔伊斯、贝克特、格特鲁德·斯泰因等人的诸多文学和艺术作品。玛格丽特·安德森（Margaret C. Anderson，1886—1973）为《小评论》的创办人、编辑和发行人。
② 梅特林克（Maurice Maeterlinck，1862—1949），比利时诗人、剧作家、散文家，1911年诺贝尔文学奖获得者，他的戏剧《青鸟》脍炙人口。若尔热特·勒布朗（Georgette Leblanc，1869—1941），法国歌剧女高音、女演员、作家和小说家，侦探小说家莫里斯·勒布朗（Maurice Leblanc）的妹妹。她与梅特林克是情人关系，并未结婚。
③ 凯瑟琳·曼斯菲尔德（Katherine Mansfield，1888—1923），新西兰作家、散文集、记者，现代主义运动中最重要、最具影响力的作家之一，被称为新西兰文学的奠基人，写作手法趋向意识流。
④ 勒内·多马尔（René Daumal，1908—1944），法国小说家、哲学家、评论家、诗人。
⑤ 路易·茹韦（Louis Jouvet，1887—1951），法国演员、戏剧导演、电影制作人。
⑥ 乌斯片斯基（P. D. Uspénskiy，1878—1947），生于俄罗斯，以英国为据点活动的著述家、思想家、讲师。

影。"这句话出自在葛吉夫的美国时代与他相识的文艺批评家戈勒姆·曼森（Gorham Munson），"他从未主张过他的思想是他自己的。与此相反，他断言自己的思想发源于古老科学，经由密教学派传播。他的幽默是拉伯雷式的，他扮演的角色是剧作家。"

魔法师葛吉夫究竟是怎样的人物，就在这里揭示他的来历。

*

如同这世上所有的神秘思想家，葛吉夫的生涯里也有许多尚不明晰的部分。他1866年出生在高加索的小城镇亚历山德罗波尔[①]，双亲是希腊人，这些是可以确定的。站在小城镇的山丘上能够瞭望亚拉腊山的雪峰，传说里挪亚方舟在此地停泊。这里的风景便是圣经旧约里的风景。他在这里度过少年时代，学习医学，此后就踏上了长年的流浪旅途。可以认为那是以修得自古以来东洋的密教学问为目的的旅行。二十年或二十五年间，他行走在藏地、波斯、布哈拉、突厥斯坦等地的寺院和僧院之间，努力掌握难以轻易靠近的秘典。虽无法正确把握他行走的足迹，但

---

① 亚历山德罗波尔（Alexandropol），今称为久姆里（Gyumri），属亚美尼亚。

据罗姆·兰道的著作所言，有目击者证实在第一次世界大战之前他曾滞留拉萨。

1914年，葛吉夫四十八岁，他回到俄罗斯，在莫斯科和圣彼得堡招收弟子，把自己在东洋修得的秘典传授给他们。那是哲学以及伴随着音乐跳的体操和舞蹈一类的肉体训练。1917年十月革命爆发，他突然离开俄罗斯本土回到故乡高加索地区。虽不清楚神秘主义的秘密团体在当时是否与赤色革命有关联，但无论如何他避开了正处在动乱旋涡中的俄罗斯本土，在黑海沿岸的亚历山德罗波尔、叶先图基、第比利斯等城镇辗转。以乌斯片斯基为首的少数弟子收到通知前往第比利斯，1919年在那里重新开设学校。其后学校迁至君士坦丁堡，又一跃而至欧洲，先后在柏林和伦敦开设。葛吉夫被命令远离伦敦，或许是因为他曾经在藏地为俄罗斯谍报机关工作这一经历暴露了。他不得不前往法国。法国总统普恩加莱[①]待他十分友善，说不定是因为大战时他曾在印度及小亚细亚为法国政府提供了某些帮助。

1922年，葛吉夫定居法国，在枫丹白露附近的阿翁买下古老的城馆，开设了名为"人类协调发展教团"的学

[①] 普恩加莱（Raymond Poincaré，1860—1934），法国政治家。1912年至1913年担任法国总理和外交部长，1913年至1920年担任法兰西第三共和国总统，1922年至1924年与1926年至1929年再次出任总理。

校。他的活动引起欧洲知识分子的瞩目也是在这个时期。

在枫丹白露森林的学校里，六十至七十名男女学生过着奇怪的集体生活。学生的半数以上都是流亡的俄国人，其余都是英国人，而法国人竟一人也没有。生活极度简朴禁欲，学生们从早到晚从事严酷的体力劳动，利用广阔的土地建设农庄，饲养牛和猪。劳动同时是一种精神疗法，被视为获取"自觉"的有效手段。

也有其他获得"自觉"的手段，比如葛吉夫发明的舞蹈。1923年在巴黎的香榭丽舍剧院，被葛吉夫选中的弟子们进行了华丽的舞蹈表演。1924年他在美国停留时也几度举行了同样的演出。在东洋风的奇妙音乐与太鼓的伴奏下，如古代祭典的舞乐[①]般的象征舞姿在舞台上循环反复。据称舞姿也与伊莎多拉·邓肯[②]的自由舞蹈有几分神似。巴黎和纽约的人士们对此惊诧不已，报纸上的新闻报道也吹嘘得天花乱坠。

在这里不得不对葛吉夫传授给弟子们的哲学内容做出说明。它的出发点是一种决定论式的认识，即人们在全然迷妄的状态里，自由意志被剥夺，人类不过是被状态左右的机械。这样悲观的认识在转换角度后，很快就会成为

---

① 舞乐，以唐乐和高丽乐为伴奏的舞蹈。
② 伊莎多拉·邓肯（Isadora Duncan, 1877—1927），美国舞蹈家，现代舞的创始人。曾披头赤脚在舞台上表演。

对人类发展而言必不可少的原动力。人类的意识有三种状态，第一种状态是"睡眠"，第二种状态是"觉醒的意识"（普通人的生活态度便是这种），第三种状态是"自觉"。普通人即使白天认为自己醒着，实际上也不过是生活在睡眠状态之中，这些都不过是"主观的意识"。那么该如何打碎这样的主观意识，让人类真正苏醒，使他们被提高到自觉的状态呢？为此，首先需要领悟到人类并非自由的主体，而是完全的机械的存在。随后还需要某种打破习惯的冲击，或是通过已经获得觉醒的他人的劝告，使自己的意识一直处于紧张状态。集体的劳动与舞蹈想必也是有效手段。人类绝无办法凭借一己之力抵达自觉。

葛吉夫独特的学说里还有"中心"（center）这一概念。人类有七种中心，各司其职。感情的中心、运动的中心、智能的中心、本能的中心、性的中心，以及两个更高层次的、连本人也无法觉察的、在无意识的深渊处的中心。不幸的是，人类混淆了这些中心，倾向于在需要运用智能时使用感情的能量，需要产生感情时却使用本能的能量。为了达到真正的自觉，需要使这些中心彼此调和，注意不去浪费能量。"性的中心在它自身的能量下活动，是十分美妙的事。"葛吉夫曾这样告诉乌斯片斯基。

有趣的是葛吉夫谈论"主观的艺术"与"客观的艺术"之区别的部分。对他而言，世人一般称之为艺术的事物都不过是主观的艺术,不符合艺术之名。"而客观的艺术,"他说,"不仅会带来心理学的效果,也有物质效果。也存在可以杀人于倏忽之间的音乐。耶利哥的城墙[①]被音乐倾颓的故事,就是关于客观的音乐的传说。普通的音乐绝无可能损毁城墙,客观的音乐却可以在现实中实现。艺术不单纯是言语,而是更加伟大的事物。我们机械的日常生活只能孕育主观的艺术。对客观的艺术而言必不可少的是客观意识的光辉。如果想从中获取些什么,则需要极度的内部统一与极度的自我统御。"

到目前为止,我简要介绍了葛吉夫有关"自觉"的理论和有关"中心"的理论,以及有关"客观的艺术"的理论,我想也很容易察觉,这三者是在统一的原理下成立的理论。简而言之,那是为了人类意识的扩大而做出的努力,以及对理应由此获得的新型人类能力的暗示。有许多证言表明,事实上葛吉夫有惊人的自我控制力和强大的意志,绝不会陷入愤怒、不安与厌恶这些无益的感情浪费。虽然他经常任愤怒的感情爆发,但目的一旦达成,他便偃

---

① 耶利哥的城墙为希伯来圣经中的城墙。摩西的后继者约书亚想占领耶利哥的街道,而耶利哥人紧锁城门,不允许任何人出入。耶和华晓谕约书亚:"……你们的一切兵丁要围绕这城,一日围绕一次,六日都要这样行。七个祭司要拿七个羊角走在约柜前。到第七日,你们要绕城七次,祭司也要吹角。他们吹的角声拖长,你们听见角声,众百姓要大声呼喊,城墙就必塌陷,各人都要往前直上。"以色列人遵从指示,城墙塌陷。(见和合本《旧约·约书亚记》第6章)

偃旗息鼓，恢复与从前一样的平静语气娓娓道来。

根据肯尼思·沃克[①]所言，葛吉夫似乎拥有"前所未有的深厚学识，超乎寻常的精力，和对恐怖的完全免疫。进入暮年后仍比其他人更有长时间劳动的体力"。只是看照片，他独特的风貌也给人生命力无穷的印象。像土耳其的迪伊[②]一样，进入中年后的秃顶（给人一种猥琐的印象）透着黑红色的光，双眼锐利炯炯有神，丰盈的胡须卷曲成八字形。暂且不提他是否有只是远远看着女人便能给女人性刺激的这等能力，我想他拥有只是戏谑地深情注视着美国女作家，便足以令她羞耻狼狈的性魅力。也有流言说在美国有许多他的私生子。

说起女作家，我突然忆起便顺带一提，与葛吉夫的思想产生共鸣的凯瑟琳·曼斯菲尔德在她的肺结核病情趋于恶化后，离开了她的丈夫文艺评论家约翰·米德尔顿·默里（John Middleton Murry），只身一人来到枫丹白露的森林，居住在教团里，1923年在这里长眠。这件事当然也成为绯闻。她不顾濒死的重病每天辛勤劳作，夜里裹着

---

① 肯尼思·沃克（Kenneth Walker，1882—1966），英国作家、哲学家、外科医生。因儿童文学《方舟航海日志》（*The Log of the Ark*）而闻名。此外还写过许多有关神秘思想和医学的著作，将葛吉夫的思想介绍给英语世界。
② 迪伊（Dey），奥斯曼阿尔及利亚省和的黎波里塔尼亚省代理统治者的头衔。

稻草被睡在寒冷的牛棚阁楼里。但她的丈夫克制地这样写道："我没有权利去批评葛吉夫的教团。我也不知道凯瑟琳在那里是否折损了生命。但我可以确信如下的事，即凯瑟琳为了进入爱的王国，利用了提供给她的、精神再生所必需的自我灭亡的理论。我相信她实现了自己的意图，教团也为她提供了帮助。除此之外我不想谈任何事了。"

得知凯瑟琳在教团内悲惨离世，好事者们的流言蜚语甚嚣尘上，葛吉夫在那时出发前往美国。如上文所言，他在纽约举办了舞蹈公演。不久后他回到欧洲，在亲自驾驶心爱的大型私家车时发生了严重事故，头盖骨破裂，医生判断已无计可施，可是他却奇迹般地很快痊愈。

以这次九死一生的机动车事故为契机，葛吉夫关闭枫丹白露的学校，卖掉城馆，于1934年移居至巴黎星形广场附近的公寓。这是他生涯中的第三个时期，从这时起他才真正将魔法师之盛名收入囊中。

此前的他总有一种挥之不去的可疑的江湖商人的形象。舞蹈演出和教团活动里，也能看到他向社会展示的自己作为魔法师的夸张形象。但1934年后，他恢复了原本的姿态。教团活动并未终结，巴黎、里昂、伦敦、纽约、南美、奥地利等地都建起支部，愈发隆盛。他将运营和管理交给弟子，自己在巴黎的公寓里，面对极少数学生，使用自己写好的草稿授课。读书会人人都可以自由参加。

葛吉夫的思想几乎全部由他的发言人——弟子乌斯片斯基讲述，但他也并不是没有写作。关闭枫丹白露的学校同时，他使用希腊语、亚美尼亚语、俄语，以及他蹩脚的英语和法语写下了体量庞大的原稿。原稿主要是幻想风格的寓言，据他所言，均是以他驻留在藏地和小亚细亚的僧院期间自身积累的经验和知识为基础而写的。原稿经弟子们之手录入打字机，保存在公寓的橱柜里。一位美国女士支付了一千美元，才得以目睹二十页原稿。葛吉夫的故事借用科林·威尔逊的表达来说是"与乔伊斯的《芬尼根守灵夜》一样晦涩难懂"，不是普通人可以轻易下咽的。因此，葛吉夫的读书会的气氛似乎十分奇妙。学生中的一位朗读并解释草稿，围坐在他四周的人们则不明所以。晚年的葛吉夫厌恶聚集在他身边的弟子们的无能，他把身体深深埋在沙发里，不断地吸着烟草，时不时露出嘲讽的微笑，不再亲自讲学。

葛吉夫死后，原稿中的一部分被译成英语，以《全体与全部个体》（*All and Everything*，1950）为名出版。超过一千二百页的大部头用难解的英语写成，据称艰深晦涩。内容是如科幻般的寓言，主要登场人物是出生自遥远星球卡拉塔斯（Karatas）的魔王别西卜（Beelzebub）。他有蹄、角和尾巴，的确与基督教概念上的恶魔相似。这位魔王在年轻时相信宇宙运行陷入混乱，为修复它而受到神的惩罚，他的角被剥夺，还被流放到遥远的太阳系宇宙。他是怀才不遇的叛逆天使。就这样，他探访了火星、土星和地球。在这些星球上，他积善成德，几个世纪后获得神的赦免，被允许回归故乡卡拉塔斯。故事开始于正准备出发回到卡拉塔斯星的宇宙飞船里。魔王有一个叫哈欣的孙子，旅途中他给孙子讲自己曾经六次回访地球的故事。魔王初次访问地球时，是亚特兰蒂斯①大陆文明繁盛之时。最后一次访问时，魔王亲眼目睹了1921年的美国。

关于宇宙的进化发展，这位魔王别西卜拥有详尽完备的知识，毫无疑问他可以视为作者葛吉夫的哲学的发言人。据魔王的意见，宇宙曾经发生过巨大变动，从地球上飞溅出两块碎片，其中之一是月亮，另一颗卫星是天文学者尚未知晓的天体。魔王仿佛文明社会的人访问非洲的蛮荒之地那般，对地球上人类的社会历史如数家珍。

为了教育孙子，魔王别西卜探讨的问题涉及各个方面。也就是说，关于戈壁沙漠彼方的诸多文明，关于佛教的教诲，关于最后的晚餐的意义，关于恢复犹大的名誉，关于圣米歇尔山修道院建筑的密教意义，关于永久运动，关于电的神秘，关于斯芬克斯之谜，关于波斯国的一夫多

---

① 亚特兰蒂斯（Atlantis），虚构中位于大西洋中心的大岛，最早在柏拉图《对话录》里被提及。

妻制，关于客观的音乐，关于梅斯梅尔①遭受的迫害，关于英国的运动崇拜和美国食品的危害，关于在土星实施的真空实验，以及关于列奥纳多·达·芬奇如何发现客观的艺术的秘密。

据戈勒姆·曼森的意见，与葛吉夫这部讽喻寓言最相近的作品是斯威夫特②的《澡盆故事》（*A Tale of a Tub*）。"《全体与全部个体》在最初刊行时默默无闻，被视作杂乱无章的作品。它耐得住时间的考验，引起了大众的注意，不久后定会有多种多样的解读尝试。"曼森这样写道。然而事实究竟如何呢？

乔治·伊凡诺维奇·葛吉夫死于 1949 年 11 月③。享年八十三岁。他被抬进讷伊的美国医院，在众多弟子的守候下很快便去世了，就好像活着本身已经变得很麻烦。

*

如前文所述，葛吉夫曾在藏地进行秘密政治活动，但

---

① 梅斯梅尔（Franz Mesmer，1734—1815），德国医生，因其施行催眠术的治疗系统，而被视为现代催眠术实践的先驱。他提出了在所有有生命和无生命的物体之间会发生一种自然能量传送的理论，这个理论被他称为动物磁性说。
② 斯威夫特（Jonathan Swift，1667—1745），英国-爱尔兰作家。以《格列佛游记》等作品闻名于世。
③ 原文如此。一说葛吉夫死于 1949 年 10 月 29 日。

这位实践型的神秘探究家却全无对现世权力的野心。然而无可否认的是，他的名字却常常与纳粹指导者的不祥之名紧密相连。据路易·保韦尔斯的《葛吉夫》[①]（1954年）所言，他与卡尔·豪斯霍费尔[②]是老朋友。

豪斯霍费尔是著名的地缘政治学家和神秘主义者，在纳粹取得政权时，他是形成第三帝国意识形态的重要人物。作为陆军将校，他调查印度、藏地和西伯利亚等地的地理环境，明治末期曾驻留日本。他在慕尼黑大学担任讲师时，助手是鲁道夫·赫斯——此人后来成为副元首，发狂后乘梅塞施密特战斗机逃亡英国。赫斯将豪斯霍费尔介绍给希特勒。1923年的暴动[③]失败，希特勒在兰茨贝格监狱服刑时，豪斯霍费尔几乎每天都去拜访牢狱里的希特勒，与他热烈辩论政治与哲学。《我的奋斗》的许多段落中想必都混入了豪斯霍费尔的思想。

说来葛吉夫在第一次世界大战前滞留在藏地期间，这

[①] 路易·保韦尔斯（Louis Pauwels，1920—1997），法国记者、作家，曾加入葛吉夫的团体十五个月。《葛吉夫》全名为《葛吉夫先生：关于当代启蒙社会的文件、证词、文本和评论》（*Monsieur Gurdjieff : documents, témoignages, textes et commentaires sur une société initiatique contemporaine*）。
[②] 卡尔·豪斯霍费尔（Karl Haushofer，1869—1946），德国地缘政治学家。虽然他本人否认对纳粹政权有直接影响，但他的理论可能通过学生鲁道夫·赫斯影响了希特勒的扩张战略。
[③] 指啤酒馆政变，由纳粹党领导人希特勒和鲁登道夫等人在慕尼黑发动的政变，最终政变失败，希特勒等人遭到逮捕。

位豪斯霍费尔也刚好在同一地区，有蛛丝马迹证明二人交往甚深。热衷于神秘学的二人间的友谊，在此后也持续了多年。传言还说，建议豪斯霍费尔为纳粹党章选择卍（逆万字）作为象征的正是葛吉夫。卍的起源正是古老的藏传密教。

1923年，豪斯霍费尔将藏地的魔法理论据为己有，结成秘密结社图勒协会①。当时葛吉夫在法国。在协会内部，豪斯霍费尔的左膀右臂是后来受到希特勒赏识的私人医生莫雷尔②博士。莫雷尔在同一年邀请希特勒和希姆莱③加入协会，紧接着戈林④、罗森贝格⑤也纷纷加入协会。

藏地传说有与北欧神话相似的一种末世论。往昔，在戈壁沙漠，曾经有高度文明的社会，却因为天地异变而一举化作荒凉的沙漠。据传幸存者中一部分迁移至北欧，一

---

① 图勒协会（Thule-Gesellschaft），第一次世界大战后不久在慕尼黑成立的德国神秘学家和大众运动团体。图勒之名来自传说中的极北之地。图勒协会标榜反犹太主义和超级国家主义，曾协助打倒巴伐利亚苏维埃共和国，作为赞助德国工人党（DAP）的组织而闻名，是纳粹党的母体之一。
② 莫雷尔（Theodor Morell，1886—1948），希特勒的主治医生。
③ 希姆莱（Heinrich Himmler，1900—1945），纳粹德国的一名重要政治头目，曾为内政部长、党卫队首领，被认为对欧洲600万名犹太人、同性恋者、共产党人和20万至50万名罗姆人的大屠杀以及许多武装党卫队的战争罪行负有主要责任。
④ 戈林（Hermann Göring，1893—1946），纳粹德国党政军领袖，与"元首"阿道夫·希特勒关系极为亲密，在纳粹党内影响巨大。
⑤ 罗森贝格（Alfred Rosenberg，1893—1946），纳粹党党内的思想领袖。他是纳粹党最早的成员之一，曾担任纳粹刊物《人民观察家报》主编和德国在苏联的东部占领区政府局长。

部分移居高加索山脉。图勒协会以藏地传说为中心教义，称来自戈壁的移民才是纯血雅利安人的母胎，而他们最终会征服世界。——这种想法与《全体与全部个体》中葛吉夫的哲学十分相似。这不仅是因为葛吉夫探讨了埋藏在戈壁沙漠的文明，而且葛吉夫宣扬的自觉哲学既是一种超人思想，也是一种终极的人类进化论，它无疑是末世论与乌托邦思想的合体。

在第二次世界大战中溃败的第三帝国指导者中，有一多半信仰东洋魔法与神秘思想，这一事实还鲜为人知。但在读过路易·保韦尔斯的著作（《魔法师们的早晨》，1960年，以及其他作品）后，这一事实似乎是可信的。纳粹的神秘主义与藏地秘典的关系，听起来虽有些牵强附会，却有值得信赖的数据支撑。希姆莱等人在豪斯霍费尔的指导下，沉迷于使用从藏地引进的木制卡牌与数表来占卜。希特勒也是通过占卜结果预知了罗斯福去世。希特勒还曾透露给常在他身旁的赫尔曼·劳施宁[①]等人，说自己发动的革命也是一种新兴宗教。

推定死者七十五万的对波西米亚人的屠杀，据说单纯只是出于魔法的要求。这场血腥仪式的执行者是在纽伦堡

[①] 赫尔曼·劳施宁（Hermann Rauschning, 1887—1982），因执笔希特勒对话录、希特勒回忆录等而闻名。

审判中被判死刑的沃尔弗拉姆·西弗斯①，热心监督仪式执行的则是狂热的信徒海因里希·希姆莱。

在纳粹哲学中，魔法得到完全复活。更令人震惊的是，这种魔法思想与近代科学技术结合了起来。也正是因此，我们才会忘却在纳粹党中前者早已根深柢固。

顺带一提，斯大林似乎也知道德国"图勒协会"的存在。出生在格鲁吉亚地区的斯大林是葛吉夫的乡里，在神学院里曾与这位少年时代的魔法师是同窗。然而斯大林轻蔑地将葛吉夫称作为魔法神魂颠倒的国家指导者。

根据最近的报纸报道（1966年10月），战后被处以无期徒刑的鲁道夫·赫斯在柏林施潘道监狱服刑，七十二岁高龄的他仍活在世上。纽伦堡审判的二十年后，在施潘道监狱服刑的七人中六人离去（其中三人死亡），只有背上的号码是七号的他尚在人世。在狱中，这个老囚徒也无法割舍占星术的书籍。赫斯的七号是他从运送战犯的货车上跳下的顺序。他离开的顺序也是第七位。

---

① 沃尔弗拉姆·西弗斯（Wolfram Sievers，1905—1948），纳粹德国智库"祖先遗产学会"的事务长，党卫队队员。因涉嫌在"二战"时使用犹太人进行人体实验而被处死。

现实中的夏吕斯男爵——十九世纪法国

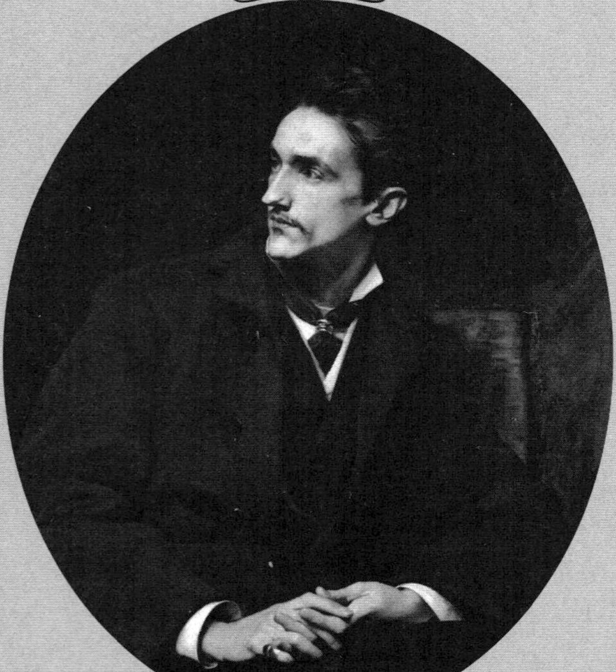

我一直对传说中普鲁斯特晚年的那些奇怪而倒错的嗜好抱有很大兴趣。

我曾热衷于阅读颓废派作家莫里斯·萨克斯[①]的自传小说《魔宴》，作者据传死于"二战"末期发生在汉堡的地毯式轰炸。那已经是十五六年前，我学生时代的事了。这部漏洞百出的告白录里所描绘的普鲁斯特形象，在作者死后作品于科雷亚书店（Éditions Corrêa）刊行（1946年）时，似乎果然成了丑闻的种子。萨克斯的告白录里出

[①] 莫里斯·萨克斯（Maurice Sachs，1906—1945），法国犹太裔作家。生在巴黎的犹太珠宝商人之家，少年时代起志向成为作家。萨克斯得到科克托、香奈儿和纪德等人的庇护，却因放荡不羁的生活方式辜负了周围人的期待。他曾做过修道僧、军人和间谍，死于"二战"时德国的炮火。波澜壮阔的人生和理想被他写入自传体小说《魔宴》（Le Sabbat. Souvenirs d'une jeunesse orageuse）。

现问题的部分在安德烈·莫洛亚①的《追寻马塞尔·普鲁斯特》里也有粗略涉及，在这里我想先按照萨克斯的记述，更详尽地厘清普鲁斯特式的地狱伏魔殿。

在萨克斯的引导下走进的奇怪店铺，是坐落在巴黎某处的、挂着公共浴场招牌的秘密男娼窟。一进门处的账房里，坐着这家店铺的经营者阿尔贝。阿尔贝当时五十岁，秃顶，两鬓斑白，薄嘴唇，蓝眼睛，侧脸轮廓分明，眼神里有布列塔尼人独有的光芒。除了傲然端坐在账房里接收客人付款之外，他还沉湎于阅读历史书和系谱学概论。年少时憧憬巴黎，他便拿着布列塔尼村子里神甫的推荐信来到首府，先成为 D 某公爵的侍从，而后受到 R 某公爵的赏识又成为他家的侍从。那时的阿尔贝拥有过人的美貌，高挑挺拔，金发，性格温顺谦和。

普鲁斯特与阿尔贝结识便是在这位 R 某公爵家，未来的小说家被这位俊美青年吸引了。正因如此，也有观点认为《追忆似水年华》里的同性恋女人阿尔贝蒂娜不就是这位阿尔贝吗，对此，萨克斯认为如此轻率地将二者联系起来失之偏颇。原来如此，普鲁斯特小说的登场人物均是雌雄同体者（androgynos），在某些场合下的性别转换也是可能的。这位作家创造的作品里的人物，都被投入了他

---

① 安德烈·莫洛亚（André Maurois，1885—1967），法国小说家、传记作者、评论家，法兰西学术院院士。

在现实中热爱的人们的林林总总的要素，从而成为一种象征。对此先按下不表，这个巴黎的神秘男娼窟令人很容易联想到出现在小说终章《重现的时光》的前半部分，曾经与男色家夏吕斯男爵有关系的服装店主人絮比安在战争时期所经营的、以施虐为中心的暧昧旅馆。

作为唯一知晓普鲁斯特的暗黑一面的男人，阿尔贝如同絮比安，有成为他人仆从的嗜好，他对每晚打开房门迎进来的贵族倾注了异常的热情。没有人像他那样精通有关贵族的一切——他们的起源、姻亲关系、纹章、痼疾、三代的私通，他都了如指掌。他也深知，像他那样的农民想与大贵族建立亲密的联系，除了侍奉某种恶德外别无他法。他自身既是稚子①，也是中介，为他出资在布瓦西–丹格拉斯街（Rue Boissy-d'Anglas）开第一家店的人，不是旁人，正是普鲁斯特。莫里斯·萨克斯谈到了他在阿尔贝经营的公共浴场里发现普鲁斯特留下的家具和书架时的惊讶。事实上，普鲁斯特曾屡次造访这里，透过秘密的窥视孔，愉悦地观察在社交界和豪华的旅馆会客室里照过面的贵族们尽数抛却品味与威严，化身为一匹肉欲的野兽。根据阿尔贝的报告，普鲁斯特曾在散步途中和阿尔贝一同经过肉铺，向肉铺的小伙计询问"可以杀牛给我们看吗"。

---

① 稚子，男同性恋关系中年少的一方。

他还曾令阿尔贝预备了大量与他关系亲密的上流贵妇人的照片，放入硬纸盒中，带给他事先给阿尔贝讲好的餐厅的服务生、肉铺的小伙计、电报配送员们欣赏。少年们从中取出一张照片，大叫着"这个淫荡的女人是谁"，他听了备感愉快。普鲁斯特让仆人拿来活老鼠，在自己面前用帽针刺穿来取乐，这件逸闻也已太过有名了。

隐遁在颇具盛名的奥斯曼大道中一间贴满软木材质的房间里，普鲁斯特那些令人不快的阴暗嗜好因此而滋长。莫里斯·萨克斯将这种阴暗嗜好称为孩童的残酷，《追忆似水年华》这部庞大作品的全体可以视作一种怪物般的孩童——可以理解为即便精神已尽数体尝过大人的经验，灵魂仍是十岁孩童般的作品。普鲁斯特即便长大成人也未曾消失的幼儿性，在他异常的恋母情结中也能窥见一二，而更值得注目的是，随着年纪的增长它逐渐发展成为如此凄惨的倒错。

经常作为给普鲁斯特的青年期带来深远影响的人物而被谈及的，是大贵族诗人罗贝尔·德·孟德斯鸠-弗藏萨克伯爵（comte Robert de Montesquiou-Fézensac）。在普鲁斯特所创造的地狱的登场人物里，男色家夏吕斯男爵将令人忌讳的颓废和倒错集于一身，被视作其原型的，正是这个男人。普鲁斯特想必在这个怪物身上发现了一面镜子，它放大了自己的恶德和势利、自恋和纨绔主义。他成为了孟德斯鸠的随从。

在世纪末倦怠的气氛中，孟德斯鸠一时间凭着他王者般桀骜不驯的言行、他的诗文、他的美术和古董趣味，以及他在沙龙里自在的对话，成为众人瞩目的对象，却最终被时代的洪流丢弃在原地，藏在普鲁斯特荣光的暗影下，在孤独中被遗忘。于斯曼①《逆流》的主人公德赛森特在室内装饰和文学上的趣味，其灵感便是来自孟德斯鸠在巴黎奥赛堤岸四十一号的豪华的房间和他书架上的藏书，王尔德笔下道连·格雷的白色上衣，据传也模仿了他的服饰。他与龚古尔、马拉美、德彪西交往甚密，曾对贫困的魏尔伦伸出援手，将惠斯勒②和比亚兹莱③介绍给巴黎画坛，莫罗④、雷东⑤等新艺术运动的画家们后来家喻户晓，其中也有他的推动。可是他终生独身，常被人用怀疑的目

---

① 于斯曼（Joris-Karl Huysmans，1848—1907），法国颓废派作家，文艺评论家。主要作品有《逆流》等。涩泽译《逆流》刊行于1962年，在读者界和学界评价颇高，此后多次改订再版。
② 惠斯勒（James Abbott McNeill Whistler，1834—1903），美国画家、版画家。色彩和画面构成深受浮世绘影响。
③ 比亚兹莱（Aubrey Beardsley，1872—1898），代表维多利亚王朝世纪末美术的英国插画家、诗人、小说家。涩泽曾译过比亚兹莱的唯一一部小说《美神之馆》(The Story of Venus and Tannhäuser)，附以逾两万字的解读。桃源社初版刊行于1968年，此后多次再版。
④ 居斯塔夫·莫罗（Gustave Moreau，1826—1898），法国象征主义画家。莫罗的绘画主要从基督教传说和神话故事中取材。在涩泽的美术批评里也常见莫罗及下文中雷东的名字。
⑤ 奥迪隆·雷东（Odilon Redon，1840—1916），在十九世纪末至二十世纪初活跃于画坛的法国象征主义画家、版画家、粉彩画家。

光打量（被认为有女性特质），与美丽的秘书同居，身边时常弥漫着绯闻的气息。

在下文中，我想描绘这位世纪末王者的肖像、他所处的时代背景和社交界的氛围。

*

孟德斯鸠-弗藏萨克家是法国最古老的世家，其源流可以追溯至中世纪的梅罗文加王朝[①]时代。与德赛森特家相仿，家系里没有王的宠臣（mignon），与大仲马小说中屡次出现的达达尼昂[②]家有过姻缘。罗贝尔的母亲出身于资产阶级。罗贝尔出生在巴黎（1855年），幼年时代他也曾居住在位于加斯科涅的达达尼昂家的古城。他有两个兄长和一个姐姐，是家中最小的儿子。他身为伯爵的父亲有摄影（当时最摩登的趣味）、赏玩古董和神秘学的嗜好，这些都被儿子一一继承。双亲都对儿子十分冷淡，这也与德赛森特相似。

《追忆似水年华》中斯万的原型——犹太人实业家夏

[①] 梅罗文加王朝（Merovingian dynasty，481—751），又译墨洛温王朝，撒利法兰克人建立的第一个法兰克王国的最初的王朝。
[②] 指大仲马的《达达尼昂浪漫三部曲》的原型人物达达尼昂（Charles de Batz de Castelmore d'Artagnan，约1611—1673），他是法国国王路易十四的火枪队队长，死于法荷战争的马斯特里赫特之围。

尔·阿斯（Charles Haas）是最初把青年孟德斯鸠推向社交界的人。可是这位青年既不跳舞，也不去追逐如花的少女，只是凭借他那才华横溢的谈吐让贵妇人们目眩神迷。"他的手被典雅高贵的手套包裹着，勾勒出优美的形状，手腕优雅地弯曲。他有时摘下手套，向着天空伸出一只高贵的手臂"，与他交好的伊丽莎白·德·克莱蒙-托内尔公爵夫人[①]说道。如他那般让男人心烦意乱、被女人青眼有加的男人实属罕见，可只是稍微触碰女人的肉体，便足以令他厌恶得难以忍受。——多年后，他曾与莎拉·贝纳尔[②]亲密交往，被她百般纠缠。有一次，他在友人的聚会上，嬉闹中演了即兴喜剧，穿着紧身裤与莎拉相拥，那个晚上他回到家，呕吐了二十四个小时。

尚未出版一册诗集，孟德斯鸠伯爵便凭借着奥赛堤岸那极尽奢华的耽美主义小殿堂，引来文学界和社交界好奇的目光。现象级的作品《逆流》刊行于1884年，那时的于斯曼只是在龚古尔家里短暂地打量过这位优雅的青

[①] 伊丽莎白·德·克莱蒙-托内尔公爵夫人，即伊丽莎白·德·格拉蒙（Élisabeth de Gramont, 1875—1954），克莱蒙-托内尔公爵夫人（Duchess of Clermont-Tonnerre），法国作家，普鲁斯特的密友和批评者，因与美国作家娜塔莉·克利福德·巴尼（Natalie Clifford Barney）的同性关系而闻名。成长于贵族社会，因支持社会主义和女性主义而被称为"红色公爵夫人"。
[②] 莎拉·贝纳尔（Sarah Bernhardt, 1844—1923），又译莎拉·伯恩哈特，法国舞台剧和电影演员，最早的世界级明星之一，与新艺术风格的代表画家阿尔丰斯·穆夏保持着长期合作。

年，而关于他的趣味和室内装饰，则都是听马拉美所言。于斯曼的记述并非与现实完全一致，首先，孟德斯鸠并非如同禁欲僧般厌恶社交，也没有那般纤细病弱的神经，其次，他也没有将室内完全统一成中世纪趣味，但也有与流言一致的一面。而在乌龟背甲上镶嵌宝石也并非孟德斯鸠首创，而是戈蒂埃[①]的女儿——闺秀诗人朱迪特[②]的发明。皮埃尔·洛蒂[③]将中世纪趣味和东洋趣味混合，奥斯卡·王尔德融合了希腊与日本，或许在孟德斯鸠的房间里，陈旧的古董和摩登样式的美术工艺品也杂然同处。无论如何，这便是当时流行的美学。

那时的世纪末两大美学中心想必是巴伐利亚王路德维希二世和莎拉·贝纳尔。被机械侵蚀、在工业和资本主义中风雨飘摇的十九世纪最后的三分之一时日里，狂王与女伶支配了人们对美的狂热。如果说拜伦是浪漫主义繁盛的象征，那么路德维希二世便是浪漫主义步入衰颓的象征。身为瓦格纳的友人，莎拉或许曾给孟德斯鸠讲述过巴伐利

[①] 泰奥菲勒·戈蒂埃（Théophile Gautier，1811—1872），法国十九世纪的诗人、小说家、戏剧家和文艺批评家。波德莱尔曾在《恶之花》的卷首称戈蒂埃为"完美无瑕的诗人和法国文学的魔术师"，涩泽译有戈蒂埃的幻想短篇小说《死去的女人的恋情》（*La Morte amoureuse*）。
[②] 朱迪特·戈蒂埃（Judith Gautier，1845—1917），法国诗人、翻译家、散文家、历史小说家。
[③] 皮埃尔·洛蒂（Pierre Loti，1850—1923），法国小说家和海军军官。小说题材多与在异国他乡的浪漫爱情故事相关，富于异国情调。

亚王在雪山之巅的凡尔赛以及梦幻的洞窟里举行的演奏会。伯爵或许如同魏尔伦、埃莱米尔·布尔热[1]和拉福格[2]那样，望着北国狂王的照片内心焦渴而向往，同时也为那世纪末的狂妄、偏执而瘦削的，在舞台上梳着美杜莎那酷似武士头盔的发型的女伶那雌雄同体的大众形象而喝彩。

将孟德斯鸠引到居斯塔夫·莫罗画室的人，是他的亲戚卡拉芒-希迈伯爵夫人[3]。印象派的画家们追寻着光而敞开窗帘时，这位对神话主题矢志不渝的夜之画家一个人隐遁在密室里。他与孟德斯鸠一样尽管极度厌恶女性，却无休止地为女人的原型着迷，最终抵达了雌雄同体的幻影，他便是这种类型的艺术家。孟德斯鸠最初被引介给马拉美，是在奇想诗人夏尔·克罗[4]进行着色照片和留声机实验的工坊里。马拉美文艺上的贵族主义和古董趣味都令孟德斯鸠心醉不已。

他并非没有女性友人。兄嫂波利娜、成为盖尔芒特公爵夫人原型的美丽表妹格雷菲勒伯爵夫人、因热爱音乐而

---

[1] 埃莱米尔·布尔热（Élémir Bourges，1852—1925），法国散文家，龚古尔学院院士。

[2] 拉福格（Jules Laforgue，1860—1887），法国象征主义诗人。

[3] 卡拉芒-希迈伯爵夫人，即下文的格雷菲勒伯爵夫人（Élisabeth Greffulhe，1860—1952），她是《追忆似水年华》中盖尔芒特公爵夫人的原型。

[4] 夏尔·克罗（Charles Cros，1842—1888），法国诗人、发明家。曾加入象征主义文学运动。涩泽龙彦译过克罗的短篇小说《恋爱的科学》（*La science de l'amour*）。

成为李斯特弟子的波兰贵族波托茨卡①伯爵夫人等，都是他欣然与之交往的女性友人。

孟德斯鸠曾两度赴英国旅行，只因他当时为沃尔特·佩特②一派的耽美主义画家，尤其是因《青与金箔》③的孔雀而闻名的惠斯勒的艺术风格而着迷。惠斯勒以这位大陆的颓废之王为原型，绘制了梅菲斯特一般诡谲迫人的肖像。在龚古尔日记的1893年4月那一项里，记录着当时奇怪的流言蜚语，说这位画家靠汲取模特的生命来作画。

1885年3月，在美术学校的德拉克罗瓦④展览会举办之日，孟德斯鸠被介绍给一位髭须优雅、头发乌黑的颀长青年。他有奇怪的口音，名叫加布里埃尔·伊图里（Gabriel Yturri），是拉丁系的秘鲁人，据传在里斯本的英国牧师那里接受了教育。伯爵握住青年的手腕，引他到杰

---

① 波托茨卡（Delfina Potocka，1807—1877），作曲家肖邦和诗人克拉辛斯基的朋友和缪斯。因美貌、智慧与艺术天赋而闻名。
② 沃尔特·佩特（Walter Pater，1839—1894），英国文艺批评家、作家。他是提倡"为艺术而艺术"的英国唯美主义运动的理论家和代表人物。
③ 全名为《蓝色与金色的和谐：孔雀厅》（*Harmony in Blue and Gold: The Peacock Room*），为惠斯勒和托马斯·杰基尔（Thomas Jeckyll，1827—1881）在1876年至1877年的室内设计作品。房间正中央的暖炉上方放置有惠斯勒的绘画《玫瑰与银：陶瓷之国的公主》（*Rose and Silver: The Princess from the Land of Porcelain*），房间四周墨绿的墙壁上绘制有金色的孔雀。"青与金箔"据作者原文转译。
④ 德拉克罗瓦（Delacroix，1798—1863），法国十九世纪浪漫派的代表画家。

作《萨达那帕拉之死》①面前，朗诵波德莱尔的诗给他听。在贵妇们聚集后，他向大家介绍这位"堂·加布里埃尔·德·伊图里"先生。身份无人知晓的外国游民，就这样被冠以贵族之名。女人们都瞠目结舌。两个人在日式庭院里饮茶。不久后，青年就住进伯爵位于帕西②富兰克林街的家里，以秘书的名义开始同居。据传伯爵在他的引导下，逐渐踏入同性恋的世界。王尔德的友人约翰·奥德利居住的位于蒙田大街的宅邸的二楼夹层里，常常有同好此道的英国贵族和拳击手集会饮茶。直到伊图里在1905年因糖尿病而死，二十年来他一直如影随形，英国旅行时也相伴伯爵左右。

伊图里去世时伯爵的悲恸异乎寻常。据晚年与他最为亲近的克莱蒙-托内尔夫人回忆，往日里片刻也不失纨绔子弟的傲岸与冷静的孟德斯鸠抽噎着低语："家里只剩下他那顶小小的帽子。"如今在凡尔赛门近旁的墓地里，伯爵的亡骸与伊图里一同埋葬着。

另一位成为流言蜚语源头的伯爵的男性友人，是经由

---

① 《萨达那帕拉之死》(*La Mort de Sardanapale*)，欧仁·德拉克罗瓦在1827年绘制的油画，是一部浪漫主义时代的作品。其灵感来源于拜伦的戏剧《萨达那帕拉》。萨达那帕拉（Sardanapalus），据古希腊历史学家西西里的狄奥多罗斯记载，他是最后一位亚述王，生活于公元前七世纪。萨达那帕拉在临终前在宫殿里放火，烧死自己的宠妃和侍从，烧毁金银财宝。在后世他经常被选为艺术作品的主人公。
② 帕西（Passy），位于塞纳河右岸的巴黎十六区。

普鲁斯特介绍而熟识的钢琴家莱昂·德拉福斯[1]。《追忆似水年华》里的夏吕斯男爵和小提琴演奏者莫雷尔的关系便是以他们为原型。青年普鲁斯特一心执着于获取璀璨骄人的前辈的爱，他屡次赠送礼物和写信以博取欢心，在明白自己的魅力无法打动伯爵的心后，又思量着为他提供一位美丽的伽倪墨得斯[2]。这恐怕是倒错者最单纯的心理。

德拉福斯金发，瘦弱，是典型的肖邦演奏者，早已在热衷音乐的索西纳（Saussine）伯爵夫妇家里备受赞誉。他听从普鲁斯特的意见，为孟德斯鸠的诗集《蝙蝠》（*Les Chauves-Souris, Clairs obscurs*）中的几个诗篇作曲，献给孟德斯鸠。带德拉福斯前去拜访伯爵宅邸的也是普鲁斯特。不如说孟德斯鸠是视觉型诗人，他喜欢随心所欲地聆听，将旋律视作一个形象，视作将他输送到梦想世界的鸦片。在歌剧院和展览会上，他与德拉福斯一同出现，很快就被流言生产者让·洛兰[3]写进了报纸。可是他与钢琴家的关系没有持续很久。青年在布兰科范（Brancovan）大公宅邸受到厚待，伯爵便果断宣布与这

---

[1] 莱昂·德拉福斯（Léon Delafosse，1874—1955），法国作曲家、钢琴家。
[2] 伽倪墨得斯是特洛伊国王特洛斯之子，母亲为卡利洛厄。特洛斯有三子，伽倪墨得斯在其中最年少貌美，因此受到众神之王宙斯的喜爱，将他带到天上成为宙斯的情人并代替青春女神赫柏为诸神斟酒。
[3] 让·洛兰（Jean Lorrain，1855—1906），法国诗人、小说家、随笔家。涩泽龙彦译有让·洛兰的短篇小说《假面之孔》（*Les trous du masque*）。

位心猿意马的青年断绝关系。其后，在路上偶遇时伯爵也不曾寒暄。"十字架通过道路时，与它偶遇的人都会向它敬礼。可谁也没有期待十字架会还礼"，他一流的毒辣口吻可见一斑。

说到流言蜚语，据传伯爵喜爱收集手杖，平日里手杖不离身侧，1897年慈善集市上的那场著名的大火燃烧时，伯爵也恰好在现场。他为了自己可以快速逃脱，用手杖击打在混乱中迷失方向的女人和孩子，此事很快便人尽皆知。这本无凭无据，但可以从中窥见社交界对他恶语相加的端倪。（说来真是不可思议的因缘巧合，巴伐利亚王路德维希二世曾经的未婚妻索菲，即当时的阿朗松公爵夫人被大火烧死。她为了让女人和孩子先逃出去，自己未能来得及逃生。）

孟德斯鸠从帕西搬到凡尔赛，又移居至讷伊，将自家宅邸命名为"缪斯馆"（Pavillon des Muses），一如既往地聚集起他精心甄选的客人们，豪华的私人房间和收藏常引人惊叹连连。其中最受瞩目的是从凡尔赛运来的十二吨重的路易十五世时代的蔷薇色大理石水池。在漫长的交涉后才终于用重金换来的宝贝，却被好事者说是狡猾的伊图里蒙骗了凡尔赛不谙世事的修女，说着"这是法王曾用过的拖鞋"，用拖鞋换来的。以安娜·德·诺瓦耶①为首的常客诗人们都纷纷写诗献给讷伊庭院里的人工水池。

孟德斯鸠在自己的回忆录《失去的足迹》(*Les Pas effacés: mémoires*)中《我是否享受待客》一文中写道："或许我只是任性地接待客人。比起被招待的客人，不如说我更喜爱自己的招待本身。客人于我而言，不过是伴随着招待的附属品。像难以安置的羊群。"克莱蒙-托内尔夫人则如此回忆道："孟德斯鸠为游园会的成功而亢奋，频频与人交谈辩论，朗声欢笑。他是他自己的乐团，四个小时的时间里，他不断地为音乐和诗歌等做出指示，滴水不漏地握住尊贵客人们的手，让客人们应接不暇，他为之兴奋不已。"

然而孟德斯鸠在文坛却只被视作好事家，精心推敲雕琢的诗集《蝙蝠》、从福楼拜的《萨朗波》那里借取题目的《馨香的队长》(*Le Chef des odeurs suaves, Floréal extrait*)、《蓝色紫阳花》(*Les Hortensias bleus*)、《赤珍珠》(*Les Perles rouges*)、《孔雀》(*Les Paons*)都只是被当作珍奇事物接受。处女诗集《蝙蝠》被放进蝙蝠纹样织锦的绢布箱里，和纸印刷，内封也有飞行姿态的蝙蝠。他满足

---

① 安娜·德·诺瓦耶（Anna de Noailles，1876—1933），法国女诗人、小说家，费米娜文学奖的创办人。作为沙龙主人与科克托、孟德斯鸠、纪德等知识分子和文艺界精英交好，以其毕生业绩获法兰西学院文学大奖。

于以自己挑选的少数者为对象。然而莫里斯·巴雷斯却在他的《埃尔·格列柯论》(*Gréco ou le Secret de Tolède*)的开头为孟德斯鸠写下洋洋洒洒的赞词——"不仅是诗人，还是大量珍奇资料和人物的发现者，也是格列柯最初的辩护人之一。假以时日他也一定会拥有自己的发现者与辩护人。"皮埃尔·路易[①]和瓦莱里也为他写过献辞。

普鲁斯特笔下的夏吕斯男爵与他多少有些不同。首先是外貌，孟德斯鸠瘦削，下颌棱角分明，拥有高贵而纤瘦的面容。从照片上来看，并未给人偏女性化的印象。虽说他的确是男色家，但他终生独身一人，夏吕斯男爵失去妻子后陷入恶德之沼，而他从未深陷其中。即便如此，等待他的也未尝不是苦恼的晚年。

*

孟德斯鸠最后为之痴狂的人，是从意大利来的比他小八岁的剧作诗人加布里埃尔·邓南遮。如世纪末到本世纪初[②]那般为剧场艺术迷狂的时代，实属前所未有。为

[①] 皮埃尔·路易（Pierre Louÿs，1870—1925），是法国象征派诗人、小说家，以写作中的女同性恋和古典主题而著称。与纪德、瓦莱里、德彪西等交好，主要作品有《比利提斯之歌》《包索尔王的冒险》等。
[②] 指十九世纪末至二十世纪初。

莎拉·贝纳尔和杜斯①写剧本的邓南遮可谓征服了巴黎剧坛，孟德斯鸠对他的痴迷也与路德维希二世对瓦格纳的感情相似。邓南遮也在这位巴黎颓废帝王的宅邸里如愿以偿，得以亲眼目睹长年来梦寐以求的熊皮、中国的壶、日本的画轴和大理石楼梯等奢侈物品。

1898年，孟德斯鸠遇到了与他一样是古老贵族出身的俄罗斯芭蕾经理达基列夫②。他还遇到了他为之心醉的另外一人，竟是一位女性。她是渴望裸体登台，于是与达基列夫一同来到巴黎的犹太富豪女儿伊达·鲁宾施泰因③。伯爵在《舍赫拉查达》④的舞台上初次看到这位沉默的、一点也不会跳舞的悲剧女伶裸露的身体时，一瞬间似乎忘却了自己的女性厌恶。这不正是自己在二十岁出头时梦想的乳房扁平的、残酷的雌雄同体者的形象吗？莎

---

① 埃莱奥诺拉·杜斯（Eleonora Duse，1858—1924），意大利演员，曾在多国演出，尤其是出演邓南遮和易卜生的剧作。她被认为是有史以来演技最出色的女演员之一。
② 达基列夫（Sergei Diaghilev，1872—1929），俄国艺术评论家、赞助人，以创立俄罗斯芭蕾舞团而知名。
③ 伊达·鲁宾施泰因（Ida Rubinstein，1885—1960），出生在俄罗斯的法国芭蕾舞者，演员。伊达学习芭蕾的时间较晚，作为芭蕾舞者并非一流，法语中的俄文口音使作为演员的她也并不出色，但她富有异国情调的雌雄同体的容姿和舞台表现力令她拥有大量拥趸。
④ 《舍赫拉查达》（Scheherazade），又译《舍赫拉查德》或《天方夜谭》，是俄国作曲家里姆斯基-科萨科夫（Nikolai Rimsky-Korsakov）于1888年所作的一套交响组曲，它的创作灵感来自阿拉伯文学经典《一千零一夜》一书。

拉·贝纳尔那次也好，这一次也罢，他一直在用受虐者的眼神凝望女性。伊达只吃饼干喝香槟，衣物穿过一次便不会再穿，是位任性的女子。

孟德斯鸠让他的神与他的女王在剧场相会。在那里有杰作诞生吗？事实上杰作诞生了。与伯爵隐秘的梦想相称的，是圣史剧[①]《圣塞巴斯蒂安的殉教》[②]。

在邓南遮的这部作品里，世纪末颓废文学的主题均有涉及。主要人物鲁宾施泰因是雌雄同体人，同时也是殉教者。舞台装置重现了倾颓衰微的拜占庭古代世界。暧昧的基督教主题令人回忆起它的先驱《圣安东尼的诱惑》。爱上塞巴斯蒂安的暴君，是杀害心爱之人的施虐-受虐主义的体现者。孟德斯鸠建议邓南遮用法语书写，教授给他自己谙熟的绮丽言语和修饰语，细心阅读写好的原稿，删去那些廉价的拟古趣味和意大利趣味。自然，他也小心翼翼不去折损那些他身上所不具备的天才的抒情流露。装置家是来自俄罗斯的巴克斯特[③]。他被带到卢浮宫，亲眼看到了波斯的纺织品、拜占庭的珐琅、在叙利亚和埃及发掘的

---

① 圣史剧，中世纪的神秘剧的一种，以戏剧形式呈现《圣经》故事。
② 《圣塞巴斯蒂安的殉教》为1911年邓南遮与德彪西合作的五幕音乐剧。这部音乐剧于1911年5月首次在巴黎沙特雷剧院上演。因出演圣塞巴斯蒂安的伊达·鲁宾施泰因是犹太女性而引起巴黎大主教的反对，邓南遮的著书也因此一度成为禁书。
③ 巴克斯特（Léon Bakst, 1866—1924），俄国画家、插画家、舞台美术家、服装设计师，担任了达基列夫多部芭蕾舞剧的舞台美术设计。

古罗马时代东方风情的浅浮雕。

瘦削的鲁宾施泰因近乎全裸的身体上单披甲胄,颇具比亚兹莱笔下的圣塞巴斯蒂安的神韵。这身装束惊动了罗马教廷也不足为奇。音乐方面伯爵决意选用德彪西,引他去见剧作家。彩排时,他为了向负责编舞的福基涅[1]讲解塞巴斯蒂安朝向天空射箭的动作,好几次飞身跃上舞台。

> 我起舞,于百合的热情激烈之上。
> 我踩烂百合的纯白无垢。
> 我碾碎百合的沉静温柔。[2]

伊达在通红的炭火间行走时,他欣喜至忘我。这或许是他生涯中至高无上的瞬间。

戏剧圆满成功,荣光却没有再度返回年迈的孟德斯鸠伯爵手中。伊达未经伯爵同意,便擅自邀请剧作家写台

---

[1] 福基涅(Michel Fokine,1880—1942),出生于俄罗斯的芭蕾舞者、编舞及芭蕾舞教师。
[2] 此处涩泽的引文直接引自三岛由纪夫、池田弘太郎译《圣塞巴斯蒂安的殉教》(聖セバスチァンの殉教,美术出版社,1966年)的第一幕《百合之庭》末尾。

本，后辈普鲁斯特、吕西安·都德①、雷纳尔多·哈恩②也不知不觉间远离伯爵宅邸。这位放浪形骸、妄自尊大的贵族诗人已是失掉爪牙的狮子、被时代洪流遗忘的趣味老派人士。据克莱蒙-托内尔夫人所言："孟德斯鸠一走进会客室，他的周围便迅速形成不祥的空虚之形。阿纳托尔·法朗士③这样细声嘟囔着从席间站起——'我无法再忍受那个一直自满于先祖的男人……'"

为了重拾昔日的荣光，伯爵精心布置了他最后的居所——勒韦西内④的"玫瑰宫殿"（Palais Rose），并在这里恢复宴客，据传他还曾为逝世的魏尔伦举办纪念活动。伯爵用繁花装点会场，还叫来交响乐团，万事俱备，极尽豪奢。然而到了纪念活动那天清晨，电话里传来不安的声音："事情的发展似乎有些微妙，仪式会如期举办吗？""那是当然。"伯爵急切地回应。"可是今早的《费加

---

① 吕西安·都德（Lucien Daudet，1878—1946），法国作家，画家，作家阿尔封斯·都德之子。虽留下大量小说及画作，但其后世评价不及父亲。现在主要因他是普鲁斯特的同性情人和科克托的友人而闻名。
② 雷纳尔多·哈恩（Reynaldo Hahn，1874—1947），委内瑞拉裔法国作曲家、钢琴家，曾为魏尔伦、雨果、戈蒂埃等人的诗作曲，是普鲁斯特的同性情人和密友。
③ 阿纳托尔·法朗士（Anatole France，1844—1924），法国诗人、小说家、评论家。法兰西学术院院士，1921年诺贝尔文学奖获得者。
④ 勒韦西内（Le Vésinet），法国中北部法兰西岛大区伊夫林省的一个市镇，位于巴黎西部郊区。

罗报》①上说活动中止……"怪不得没有客人来。这想必是什么人的恶作剧。五点时终于有零星几台车驶来，冷冷清清的会场上，交响乐团在演奏，女伶在舞台上演戏。可直到最后，伯爵都没有失去分毫冷静。

晚年的孟德斯鸠不再在社交界露面，一个人隐居在宏伟的宅邸里，有青年心怀好意寄来诗作和书信。这位青年是普鲁斯特、吕西安·都德等曾经围绕伯爵左右的人正痴迷和追求的、惹人怜爱的资产阶级之子，有着表情丰富的手和美丽眼眸的、过于瘦弱的诗人——让·科克托。原来如此，他有足够的可能成为第二位孟德斯鸠。然而不知是幸运还是不幸，他比孟德斯鸠更渴望取悦他人，无论身份尊贵低微都使用敬称。科克托表面上的贵族主义姿态，远不及前辈诗人的傲岸与冷淡。自恋也有诸多形式。

半个世纪过后，科克托写下他得意的箴言"没有什么比恶评更难维持"，那时他脑海中难道没有想起孟德斯鸠的身影吗？

"一战"时，孟德斯鸠突然开始写斗志昂扬的爱国主义诗歌，这是令人无法理解的逸闻，也是他与夏吕斯男爵间的显著差异。无论如何，最终彻底击溃风烛残年的诗人的，是过去的弟子贴在他额头上的"帕拉墨得·德·盖尔

---

① 《费加罗报》(*Le Figaro*)，创立于1826年，是法国历史最悠久的全国性报纸。报纸名源自法国剧作家博马舍的政治喜剧《费加罗的婚礼》中的主人公费加罗。

芒特，德·夏吕斯男爵"这个不祥之名。在床侧，普鲁斯特来探望他的牺牲者的反应。

《在斯万家这边》刊行于1913年，孟德斯鸠未能理解普鲁斯特小说的新奇与价值。他发觉从前因自己的一举一动而战战兢兢的羸弱青年，已经长成名为小说家的恐怖人种，况且灵魂还与十岁的孩子别无二致！

《在花季少女倩影下》刊行于1918年。夏吕斯男爵终于出现在巴尔贝克。孟德斯鸠在思忖，这位盖尔芒特的弟弟，在贵族社会拥有权力的不可思议的男人的原型是谁呢？夏吕斯这样说："如今什么人都是亲王，可是毕竟得有点东西使你与众不同。待我想隐姓埋名出门旅行时，我一定取一个亲王头衔。"[1] 哼，这句台词不是1906年我的表兄艾默里·德·拉·罗什富科（Aimery de la Rochefoucauld）获得巴伐利亚亲王称号时，我对他讲的台词么！话说回来，那"像是小伙子和女人的二重唱，与某种女低音相似的嗓音"[2] 又是怎么一回事！

《所多玛和蛾摩拉》的第一部刊行于1920年10月。普鲁斯特借故没有立刻将书寄给伯爵。但无论怎样辩解都

---

[1] 引自《追忆似水年华》，马塞尔·普鲁斯特著，许渊冲、周克希、徐和瑾、李恒基等译，译林出版社，2012年。
[2] 据《追忆似水年华》上述译本："就连他的嗓音也与众不同，他的嗓音与某些女低音相像，这女低音的中音区训练得不够，唱起歌来似乎是一个小伙子和一个女人的二重唱。"

已无用。即便伯爵本人清楚，夏吕斯与孟德斯鸠并非同一个人，然而文学的真实却比人生的真实更为真实。孟德斯鸠就是夏吕斯，他不得不接受作为夏吕斯而死去的命运。

孟德斯鸠致信普鲁斯特——"我曾想过谁会第一个勇敢地将塞尔西①和牧羊人科瑞东②的恶德直接作为主题，那个人是你。你克服种种困难实现了它。既然做了，那么结果才是看点。可是过程又如何呢？对此我尚不明了。敌人怕是很棘手……"

1921年12月11日，没能看到《所多玛和蛾摩拉》第二部刊行，孟德斯鸠就在芒通去世了。死因是尿毒症。遗体被运往凡尔赛，埋葬在伊图里的遗骨安眠的地方。在葬礼上列席的只有二十余位友人，没有看到亲戚的身影。也有人看到伊达·鲁宾施泰因的黑色面纱。除此之外，还有克莱蒙-托内尔夫人、神秘学家库舒③博士、女作家露西·德拉吕-马德鲁斯④。伊达献给孟德斯鸠的兰花花束间，有初雪飘落。

---

① 原文作"ティベリウス"，疑误。
② 科瑞东（Corydon）的名字先是出现在维吉尔的牧歌中。牧羊人科瑞东哀叹他对男孩塞尔西（Thyrsis）的单恋。法国作家安德烈·纪德受到维吉尔的启发，也用科瑞东为作品中的同性恋角色命名。
③ 库舒（Paul-Louis Couchoud, 1879—1959），法国哲学家、医生、诗人，因将俳句译入法语而闻名，也是孟德斯鸠的回忆录《失去的足迹》的编者之一。
④ 露西·德拉吕-马德鲁斯（Lucie Delarue-Mardrus, 1874—1945），法国记者、诗人、小说家、雕塑家。

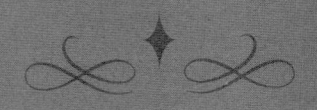

巴别塔的隐遁者——十八世纪英国

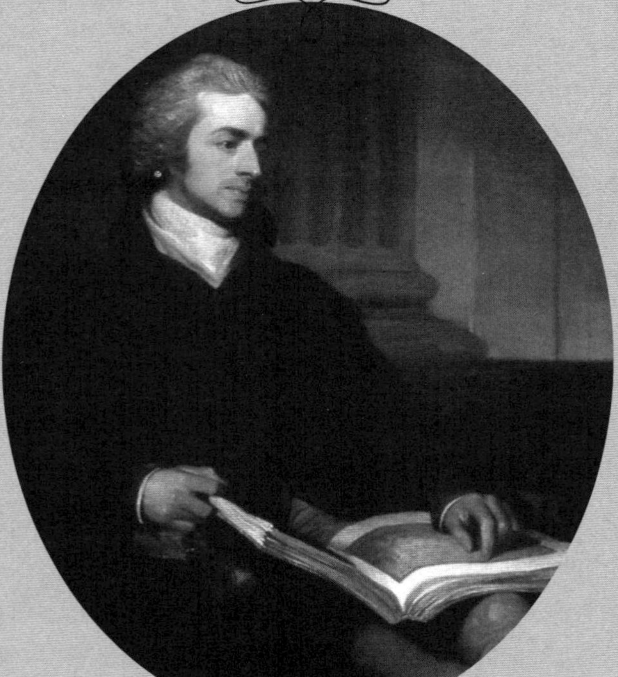

写下十八世纪哥特小说先驱作品之一的奇书《瓦泰克》[①]，令诗人拜伦赞叹"大不列颠最富裕的公子"，名声于他而言不过是唾手可得之物的一代游荡儿——威廉·贝克福德的生涯从未屈服于勃兴期市民社会的压力。他径自逃进巨大的梦里，呈现出近代自恋型艺术家最初的悲剧。对他我一直抱有兴趣。晚年的贝克福德躲进自己修建的方特希尔修道院[②]里，寸步不出，独自享受孤独而难以靠近的权力的幻影，这让人联想起与此同时一海之隔的大陆上，萨德侯爵在牢狱中的状况。当然，其中一方是梦寐

[①] 《瓦泰克》（Vathek），威廉·贝克福德（William Beckford，1760—1844）以法语创作的哥特小说，推测执笔于1782年，英文版由英格兰神职人员塞缪尔·亨利（Samuel Henley，1740—1815）译出，于1786年出版，其后法文原版也于同年12月出版。
[②] 方特希尔修道院（Fonthill Abbey），哥特复兴式乡间别墅，位于英格兰西南部的威尔特郡。

以求的幽闭,而另一方是被强制的囚禁,但在孤绝的状况里,他们所培育的梦想的实质是相同的。

在贝克福德生前,他的名字就被与许多传说串联起来讲述,而他死后,在他曾留下足迹的英国、法国、葡萄牙等地,仍有他的传说蔓延。有说他毒杀了妻子的凄惨传闻,也有通俗小说般的传说,说他迷上葡萄牙的贵族千金,向其父亲请求结婚却被拒绝,在伤心欲绝中回到英国。还有关于他的恶魔崇拜、他的男色情结,以及他奇怪的孤立生活的传说,林林总总不胜枚举。

他父亲是老皮特[①]的友人,曾担任过伦敦市市长,是广受大众支持的辉格党政治家;家系古老,是在西印度的牙买加种植甘蔗而积累起巨额财富的资产阶级。母亲出身于著名的汉密尔顿家,血统里有苏格兰王室的辉煌祖先。在十八世纪的英国,家系清晰、环境优渥的世家子弟,出生年月和场所却无定说,这不得不说他是个特例。根据近年来的传记作者考证,似乎他生于1760年9月29日的说法最为可信。关于出生时间有许多异说,出生地点也有伦敦和父亲的领地威尔特郡的方特希尔这两种说法。

双亲对儿子的教育都极为热心,幼年的贝克福德在学

---

① 老皮特,指第一代查塔姆伯爵威廉·皮特(William Pitt, 1st Earl of Chatham, 1708—1778),英国辉格党政治家。曾经凭七年战争而声名大噪,1766—1768年出任英国首相一职。

问方面呈现了异常的早熟，不仅通晓古典语言希腊语及拉丁语，也深谙诸多学问和艺术。他在威廉·钱伯斯爵士①那里学习建筑，在亚历山大·科曾斯②那里学习数学和绘画，作为音乐教师被招来宅邸的是当时年仅八岁的莫扎特。这位天才少年为五岁的贝克福德讲授钢琴，可知两个人的早慧。多年后，贝克福德自负地宣称《费加罗的婚礼》③中著名的《无法飞翔的蝴蝶》一曲的旋律是他少年时代的即兴作曲，莫扎特曾写信给他请求允许使用在歌剧中，但谁也没有见过这封信，我想这或许也是贝克福德最为擅长的说大话。

1770年父亲过世，他没有年龄相仿的友人，在母亲的溺爱下也没有去接受正规教育。少年唤他的母亲为Begum，是穆斯林对贵妇人的称呼。他对母亲的无限接近永恒的倾倒，也可以用于说明他日后的自恋，及对失去的童年王国的追慕。还有另外一个人扰动了少年的灵魂，煽动了他对东洋童话和绝对权力的梦想，告诉他尘世之外的奢华生活、神秘学和优雅的官能的快乐。那个人是他的绘

---

① 威廉·钱伯斯爵士（Sir William Chambers，1723—1796），苏格兰建筑师、造园家，对十八世纪英国建筑影响深远。
② 亚历山大·科曾斯（Alexander Cozens，约1717—1786），英国水彩风景画家，英格兰浪漫画派的先驱。
③ 《费加罗的婚礼》（*Le nozze di Figaro*），奥地利作曲家莫扎特作曲、洛伦佐·达·蓬特（Lorenzo Da Ponte）撰写歌剧剧本的四幕喜歌剧，完成于1786年。其中《无法飞翔的蝴蝶》为第一幕结尾时费加罗的唱段。

画教师科曾斯。科曾斯在彼得大帝的宫廷里长大成人,在东方诸国纵横游历,因为长年生活在东洋,他身上有非欧罗巴式的道德。从这位与梅斯梅尔和卡廖斯特罗[①]生活在同一时代的年长神秘学爱好者那里,少年被灌输了对超自然的兴趣,穷极一生也未曾褪色。

因母亲不喜欢英国的大学,青年贝克福德在十七岁时去瑞士的日内瓦游学,在那里他受到自由思想的王者伏尔泰的厚遇,被卢梭的思想打动,对诸多人文主义学问的理解趋向深厚。处女作《长故事》就是在这个时期完成的。它是披着东洋风外衣的童话[②],中心主题是传授可以解开世界之谜的魔法奥秘。

1779年夏天,他回到英国后去拜访亲戚考特尼(Courtenay)家族代代相传的宅邸波德汉姆城堡(Powderham Castle),在那里与考特尼家当时十一岁的儿子威廉相识。看到与十二位姐妹一起生活的柔弱俊美的少年,十九岁的他胸中的热情之火被点燃。与这位比他小八岁的少年的不道德关系成为贝克福德前半生的中心,在当时严肃主义的英国社会翻涌起轩然大波,关于这件可耻的男色事件的流

[①] 卡廖斯特罗(Alessandro Cagliostro,1743—1795),意大利冒险家,自称魔法师,混迹于欧洲宫廷。过世数十年后,逐渐被视为江湖骗子。
[②] 童话(Märchen),狭义指在德国发祥的空想童话故事。登场人物多为会说话的动物、魔女、巨人等。

言蜚语也是致使他政治生活崩溃的原因。

以少年与贝克福德的关系为中心，还有三位男女配角登场。前述中的画家科曾斯、可以称为文学秘书的友人塞缪尔·亨利，以及不知从何时起（约在1781年夏天以后）成为他情妇的女性路易莎。路易莎是他堂兄的妻子，她不顾身患结核病的丈夫，盲目迷恋着贝克福德，化身为激情的俘虏，是为了他的情欲甘愿献身的奴隶般的存在。科曾斯写给贝克福德的信已被尽数毁损，而路易莎与他之间的书信里记录着似乎以少年的他为中心，以上述三人为辅助，聚集在方特希尔宅邸里，叫来意大利乐师和歌手，举办过盛大的黑弥撒。那是1781年的圣诞夜。"即便会为他带来不幸，我也不得不抚养即将献给你的祭坛的、那幼小的活祭物。我期盼他快些成长到适合的年纪。他日渐美丽，不久后就可以充分满足你的计划。"（1782年2月）——从文字中可以察觉到，贝克福德似乎曾教给这位可怜的女人恶魔学的原理，要求她献出儿子作为黑弥撒的活祭品。她的书信里也有"我深爱的魔王"这样的称谓，她已经被自己心爱的男人的地狱学说夺去了灵魂，为之目眩神迷。

贝克福德执笔一代奇作《瓦泰克》的时期，一说是在他十七岁，也有二十岁的说法，但事实似乎是二十一岁。"我使用法语，在三天两夜里一气呵成。那期间我一直衣不解带。"作者在晚年回忆道，可这三天两夜想必也是妄语。主人公瓦泰克是拥有巨大权力的年轻阿拉伯哈里发，他一味追求官能的快乐，终于犯下耸人听闻的恶行而走向毁灭。借用了所谓的东方故事的体裁，故事的内容本身却是原典里没有的。贝克福德自身的背德生活与不伦之恋、对神秘学的亲近、对权力的梦想，都被混杂地投入小说当中。如同写过哥特小说古典作品《僧侣》的 M. G. 刘易斯[1]不久后被称作"僧侣"刘易斯（"Monk" Lewis），作者与主人公在不知不觉间被混淆，罪孽深重的瓦泰克之名甚至成为贝克福德一个人格的体现。

《瓦泰克》接近尾声的数页里描写阴森凄惨的地狱宫殿的部分是这部书的核心，根据艺术史学者亨利·福西永（Henri Focillon）和阿道司·赫胥黎的意见，这部分描写受到当时刚刚在英国刊行的铜版画家皮拉内西[2]的《牢狱》（Carceri）系列的直接影响。（顺带一提，《瓦泰克》附有马拉美序文的 1876 年版为人熟知，日语翻译有两种，一是昭和初期的矢野目源一[3]氏的译本，另外一种是战后的

---

[1] 马修·格雷戈里·刘易斯（Matthew Gregory Lewis，1775—1818），英国小说家，剧作家，以 1796 年的哥特长篇小说《僧侣》（The Monk）闻名于世。
[2] 乔瓦尼·巴蒂斯塔·皮拉内西（Giovanni Battista Piranesi，1720—1778），意大利制图员、版画家、建筑师、雕刻家、艺术理论家。
[3] 矢野目源一（1896—1970），日本诗人、作家、法语文学翻译家。

小川和夫①氏的译本。)

*

贝克福德在1783年他二十二岁时结婚。母亲担心他放浪形骸的生活，苦心劝说他与情妇路易莎分手。他在德意志、意大利等地旅行之际，母亲的亲戚威廉·汉密尔顿爵士②的夫人也对他的不良言行谆谆教导。母亲为他选择的妻子是苏格兰贵族阿博因伯爵的女儿，当时十九岁的玛格丽特·戈登（Margaret Gordon），她坚忍朴素，对他而言是超乎预期的优秀伴侣。她让贝克福德温柔的心苏醒过来，他与路易莎的关系日渐疏远。即使如此，他与少年考特尼（他把少年唤作小猫）间的关系并没有轻易中断。

1784年，贝克福德被选为威尔士的下议院议员，本应很快就会获得男爵爵位。他原本对政治生活并不热心，但父亲生前的威望保障了他的显赫闻达。然而这时出乎意料的不祥之事沸沸扬扬，他的公共生活破灭，他的人生被流离失所的浪荡生活与孤独隐遁的命运所占据。

---

① 小川和夫（1909—1994），英文学者，NHK职员。小川氏的译本译自英文版《瓦泰克》。
② 威廉·汉密尔顿爵士（Sir William Hamilton, 1730—1803），英国外交官、古物学家、考古学家和火山学家，曾任英国驻那不勒斯王国大使。

那年从9月到10月他与妻子一同逗留考特尼家的城堡，少年考特尼的年轻的家庭教师有一次偷窥到贝克福德与少年锁上门共处一室的场景。数月后，考特尼的亲戚拉夫伯勒男爵（Baron Loughborough）操纵报纸，流言蜚语一瞬之间甚嚣尘上，让贝克福德近在眼前的爵位受领化为泡影。贝克福德作为名声在外的父亲的儿子，有望成为辉格党的大人物，也正因如此，托利党的野心家拉夫伯勒对他敌视，一心想让他的公共生活受挫。他成了政治阴谋的牺牲品。

此后，不幸接连不断地发生在他身上。1785年长女出生，翌年，他们举家搬往瑞士，在那里妻子过世。也就是说，次女出生的第十二天，玛格丽特夫人因产褥热不幸离世。报纸上再次流言蔓延，说妻子的死是因为丈夫的虐待或毒杀。同年6月，秘书亨利爵士擅自匿名出版了《瓦泰克》的英文版。贝克福德为了应对亨利的举措，表明了自己的作者身份，并在1787年在巴黎和洛桑两地出版了自己的小说。

被英国社交界驱逐的他在葡萄牙、西班牙、巴黎、瑞士、意大利等地辗转更换居所。在葡萄牙他笃信圣安东尼，关于他如何虔诚的传言吸引了中世纪式天主教信仰根深柢固的葡萄牙王室的目光。贝克福德的信仰虽然诚意有几分可疑，但至少比起新教，他更容易被仪式豪奢、服装华美的天主教吸引，也是事实。

在巴黎，他作为沉迷豪奢堪比王侯的绅士、书画古董的狂热收藏家在业界享誉盛名。生活虽是一如既往的纵情享乐，但内在却是权势欲无法得到满足、美梦破灭、身遭流放的灰色日子。巴黎又刚好在狂风暴雨的动乱期，而令人感到不可思议的是，关于大革命下法国首都的模样，他竟没留下只言片语。这件事曾被当作他生涯的未解之谜，但近来的研究称，他从父亲那一代就与雅各宾党的要人缔结了亲密关系，因此在血腥骚乱的阴影下，他也能过上相对安逸的生活。与雅各宾党的关系需要顾忌革命政权的敌人——英国人的目光，故而他没有写当时他在大陆的生活。这似乎是很妥帖的推测。

1796年，他结束了近十年的大陆流放生活，终于在方特希尔的领地安顿下来。被社交界宣告驱逐成就了他梦寐以求的辉煌的孤立生活。他重修宅邸，使它与王侯相称。高高的城墙骄傲地阻断了神圣领域与俗界。即将建成的宫殿根据最新的时代风尚，非是哥特样式不可。1750年，霍勒斯·沃波尔[①]不是已经在草莓山庄[②]兴建了哥特

[①] 霍勒斯·沃波尔（Horace Walpole，1717—1797），英国艺术史学家、文学家、辉格党政治家。其出版于1764年的小说《奥特兰托堡》(*The Castle of Otranto*)，一般被视作史上第一部哥特小说。
[②] 草莓山庄（Strawberry Hill House），位于伦敦西南部特威克纳姆。

样式的城堡吗？贝克福德想在他为之狂热的建筑上凌驾于这位《奥特兰托堡》的作者。他为了实行他的计划，选择的是当时从古典主义转向哥特风格的著名建筑家、皇家艺术研究院的院长詹姆斯·怀亚特[①]。

贝克福德被异常的建筑热情附体，直到1807年为止的十年间，他为了自己梦之宫殿的地基修建投入了全部精力。首先，领地的方圆十二千米都被高四米的墙壁完全隐藏，遮挡住俗人好奇的目光。他让自己的女儿住在邻镇，他与仅剩的友人——出生在那不勒斯的格雷戈里奥·弗兰希（Gregorio Franchi）、曾经担任路易十六世侍医的约瑟夫斯·埃哈特医生、纹章学学者安格·德尼·马坎（Ange Denis Macquin），以及一位侏儒，一同幽闭在尚未竣工的方特希尔修道院里。与外部世界隔绝的企图引起了举国瞩目，特别是向着天空矗立的十字形建筑物与中央高高耸起的、全长七十米的Octagon（八角形的角塔）的威严姿态，使它被与昔日的巴比伦塔相比较。这项远大的建筑事业在长年累月里养活了数千人，更令人啼笑皆非的是，贝克福德还顺理成章地作为慈善家受到了神明一般的对待。

[①] 詹姆斯·怀亚特（James Wyatt，1746—1813），英格兰建筑师，他曾在意大利威尼斯师从安东尼奥·维森蒂尼（Antonio Visentini）学习建筑和绘画，以新古典主义建筑和哥特复兴式建筑闻名。

建筑家怀亚特随意而怠惰，他有严重的酒精依赖，在绘图上充满热情，却对工程延期毫不在意。因投资方的嗜好，他也变得越来越偏执，要塞式塔楼内部的诸多细节都在完成后倏忽间就被推倒重建。中央处的八角塔由于工程紧急使用了轻质材料，1800年一度因风倒塌。这并没有让贝克福德失望，他很快开始重建塔楼，只完成了一半便迫不及待地招待客人。这时哈里发（贝克福德这样称呼自己）选择招待的客人是从兄威廉·汉密尔顿爵士和他的第二任妻子艾玛[①]，以及妻子的情人纳尔逊[②]提督。

1807年，方特希尔修道院终于竣工。兴建完成的这座威严的哥特式修道院阴森恐怖，白天也像夜晚一样昏暗，并且极端不宜居住。教会式的八角形角塔里取暖设施不完备，客房的一部分通风不畅。贯穿南北的回廊除了收纳有贝克福德的大量藏书，还藏有拉斐尔、鲁本斯、委拉斯开兹等人的贵重艺术品，以及日本的雕塑和黑檀器物。天顶上贴着镀金镜板，宽敞的各个房间里都围着紫色与黄色的缎帐，如城主所愿，弥漫着忧郁而雍容华美的气氛。

[①] 艾玛（Emma, Lady Hamilton, 1765—1815），通常被称为汉密尔顿夫人，英国女仆、模特、舞蹈演员、演员。曾活跃于伦敦风月场，并成为一系列有钱人的情人，也是画家乔治·罗姆尼（George Romney, 1734—1802）最喜欢的模特。
[②] 纳尔逊（Horatio Nelson, 1758—1805），英国皇家海军军官，著名海军将领和军事家，第一代纳尔逊子爵、第一代勃朗特公爵。

北侧外部有效仿贝克福德的母亲一方的祖先、嘉德勋章[①]创设者爱德华三世的"爱德华王的回廊",东侧外部的二层是纹章厅,南侧翼面是圆形天顶的"圣米迦勒回廊",即大图书室。西南角泉水庭院的低处是庞贝式的"会食厅",贝克福德总是一个人在这里吃些粗陋的食物。回廊的东南侧阴森的塔楼房间是他如同僧房般的寝室。作为为数不多踏入过方特希尔修道院的人,威廉·汉密尔顿爵士回忆道,这座建筑"过于阴郁(melancholic),给人几乎无法忍受的印象"。

宅邸竣工时贝克福德已经年近五十,步入老年。他孤独生活的伴侣,骑士格雷戈里奥·弗兰希,是他初次滞留葡萄牙时在教会合唱队里捡来做仆从的少年。他称呼这个他喜爱的男子为"葡萄牙的橙子"。他派弗兰希四处奔走,不停地寻找欧洲的新奇事物,如文艺复兴式的家具、中国的陶器、时祷书和走钢丝的少年。可豪奢的居所和繁多的珍奇物品也未能有须臾间安慰主人的心。他的感情生活已死,却病态地憧憬和追寻着少年时代的虚假幸福,他咀嚼着命运的苦涩,痴醉于孤独。

另一位他宠爱的对象是侏儒,被他用爱称"皮埃罗"[②]相称。皮埃罗是出生在埃维昂的法国人,贝克福德

---

① 嘉德勋章是授予英国骑士的勋章,起源于中世纪。
② 皮埃罗,即法语 pierrot,哑剧和即兴戏剧中涂白脸的小丑。

在数次游历瑞士时让他加入自己一行。一本正经的侏儒在图书室寻见情色书籍而发怒,是他的乐趣所在。但在近邻的村民看来,这位无罪的同居人正是贝克福德进行魔法实验的可靠证据。在被询问关于这位侏儒的事时,他坦然地回答:"他是异教徒①。靠吃毒蘑菇维生。"

每日他都像亚西西的圣方济各②那样,喂食亲近的野兔群,在郁郁苍苍的庭院里被珍奇的动植物所包围,梦想着逝去的幼时乐园。近邻的村民间流传着与这位厌人癖的城主相关的种种奇怪流言,其中一个是讲倘若有人入侵他的隐遁之所,他便会放出嗜血的猛犬。这个流言并非捕风捉影。在宅邸尚未竣工之时,他曾写信给旧友克雷文(Craven)夫人:"我扩张我的森林,设下铁网与气枪,我要砍断入侵者的双腿。不久后领地的山丘将被移植来的冷杉林浸染得晦暗不明,我如盘踞在网中的蜘蛛,在这阴郁的圆环中心排兵布阵。"

心境如此,贝克福德彻底厌恶来访的客人并不让人出乎意料。某日,因女婿的事由,年迈的戈登公爵夫人敲开了方特希尔的门。她被郑重地迎入府内,而至关重要的主人却不知身在何处。逗留了一周后老夫人只得灰心离开,

---

① 异教徒(Giaour),《瓦泰克》中自称印度人的邪恶妖怪。
② 亚西西的圣方济各(1181或1182—1226),意大利天主教修士,方济各会的创办者,也是天主教教会运动、动物以及自然环境的守护圣人。

在这期间他一直躲在宅邸一处小小的房间里。拜伦也写信请求会晤，修道院的主人拒绝了他。1810年，贝克福德的次女苏珊与道格拉斯侯爵，即后来的汉密尔顿第十代公爵结婚时，参加典礼的只有牧师和父亲。

时过境迁，庞大得荒谬的宫殿再难以维持下去。对法战争与奴隶制度废止使得贝克福德在西印度群岛的财产价值下跌，收入大幅减少。1822年，修道院与收藏品的大部分一同被转让给一位暴发户，转让价格为三十万英镑。三年后，中央的塔倒塌，再没有重建。今天还存留的只有东侧外部的废墟。

贝克福德仅携最爱的书画与侏儒移居巴斯，在兰斯当山丘上的土地上修建了高四十米的古典样式塔楼，较过去的隐遁所更为质朴。在那里的二十二年间，他平安无事地度过余生。修改昔日的作品，修建珍奇的花园，携着车夫和格雷伊猎犬终日骑马散步。他坚信未来会有他的传记问世，他悉心校订自己的书信与日记，随意添补些自己捏造的事件。他对男爵爵位的渴望延续至生命尽头，而女婿汉密尔顿公爵却没有为他提供帮助。

他搬到巴斯不久后，就有奇怪的传言流布。说他宅邸的走廊里有女仆们用来藏身的空间，让厌恶女性的主人得以不必与她们照面。也有流言说，他的家中没有一个房间摆放着镜子。

1844年4月21日,年过古稀的贝克福德健康状况急转直下。他召来女儿汉密尔顿公爵夫人,拒绝了牧师的会面,女儿和牧师都没有获准进入房间。数日间,近亲和牧师在隔壁房间为他祈祷。他就这样孤身一人在同年5月2日不声不响地死去了。享年八十四岁。

*

细致分析贝克福德的性倾向会有许多发现。他一生中爱过许多女人,也爱过许多男人。异性恋与同性恋两种倾向在他的内部并行存在,他的感情倾向与所爱对象的性别毫无关系。更详尽地阅读他的日记与书信,还可以明确其他事实。

1781年,他寄给路易莎的信里写道:"他(威廉·考特尼)真的失去了我们曾经那么怜爱的孩子气吗?"而在他1787年前后的日记里,他时常用poor childish animal(可怜的孩子气的野兽)来称呼自己。或许对他而言,"孩子气"是包含最大情绪价值的形容词。"神馈赠于我的礼物中,我认为最珍贵的就是保持年轻人的外观、年轻人的敏捷和年轻人的随心所欲",他在日记里写道。

二十七岁那年,对贝克福德而言最幸福的似乎是"感觉自己还是孩子"(日记)。不只他自己,他也希望他深爱的对象拥有孩子气。歌与音乐，对他而言的一切美好事物，其中都包含着"像个孩子"这一最高价值。解开贝克福德心理学的重要钥匙，我想就在此处。

他显然对作为孩子的自己的形象怀有激烈而情色的情绪，在考特尼与弗兰希等恋爱对象之中，他努力再次发现那种形象。通过与少年缔结亲密关系，他盼望将那种形象客观化。直截了当来讲，对贝克福德而言，同性恋不过是自恋情结的一种形式。

他对自己渴求之物的本质，大抵没有明确的意识。这恐怕是他的不幸。只为窥见神的幻影，他荡尽了自己的人生。他想在美少年那里于瞬间捕捉的事物，不过是转眼间便会消逝的空无。最终，他只追寻自身的幻影。因为自身便是神。——我们在这里不能不想起另外一位倒错者普鲁斯特。但普鲁斯特并非在追求身为孩子的自己的姿态，而是在找寻身为孩子的自己眼中倒映的世界的姿态。运用逻辑常识来思考，普鲁斯特是正统艺术家，贝克福德是赝品艺术家，或者说是不完全的艺术家。

他对黄金时代的憧憬，也不过是这个孩童的形象的变形。方特希尔广阔的庭院对他而言是容纳了诸多动物的乐园。他得意地讲述在妻子还在世时，他在瑞士的动物园里诱惑雌狮，在牢笼里与之耳鬓厮磨。这自然不过是他的梦，但至少是根植于他本质的梦。在女儿幼年时，他常模仿宅邸里饲养的孔雀，与女儿嬉戏。这些奇矫行为的全部，都体现了他对逝去的黄金时代的怀念。

他无法根绝的顽固的幼年崇拜与黄金时代的象征相连接，理所当然地令他与世隔绝，隐遁在孤独的城堡里。他被风俗良好的社会所驱逐的说法，在严格意义上并不妥当。是他主动从社会逃离的。从年少时起，他就在日记和书信里写满了对不为人惊扰的孤独生活的向往。值得一提的是，他总是与一时亲密无间的友人以及爱人分离。他如此热爱的威廉·考特尼，也没有在他生涯的后半段再度登场。路易莎被他抛弃后久病而死，对于如此深爱自己的女人悲惨死去，他也漠不关心。除此之外，为数众多的友人和教师、在旁取悦他的人们，都在他的生活中相继消失。最后留下的除弗兰希之外，就几乎只剩下他的玩物般的侏儒。

有意识或无意识地，贝克福德如织茧一般孜孜不倦地编织着自己的孤独。无论是谁靠近自己，他都无法作为现实去热爱。通过少年的幻影，他爱着自己的孩童时的形象。幻影一旦消失，他就会体尝到失望的苦涩，从他们身边逃离，随后便漠不关心。

在1812年的日记里他写道："有些人为了忘却不幸而饮酒。我不饮酒。我建造城堡。"对他而言，建筑无疑是无限幻影的宝库。可以维系幻影的人百年难遇，他只能在建筑、爱书和收藏上寻觅替代品。石与纸，无论如何不是比人类的肉身更耐得住时间的侵蚀吗？

诞生于十八世纪的对人类解放的希望顷刻间烟消云散，资产阶级严肃主义抬头，工业革命的浪潮席卷而来，贝克福德晚年所处的时代，在英国历史中也是最为不祥的时代。在这样的时代里，暗黑小说的怒放绝非偶然。贝克福德自己或许没有明确意识到时代的不幸与他个人的不幸之间的牵绊，他的生涯本身就是对即将到来的时代破灭之危机的预感。

对于方特希尔修道院本身，我想他并没有十分执着。对未完成的建筑物倾尽热情，而对竣工的建筑物却已无法再找寻幻影。贝克福德几乎没有后悔，像厌弃玩腻的玩具般卖掉了自己曾经苦心孤诣的作品。

在方特希尔，他让纹章学者与系谱学者住进自己的宅邸，不知疲倦地完成他自己的系谱。高贵家系的象征经由纹章学者之手，绘在东侧外部的"男爵厅"内。系谱学与纹章学研究对贝克福德而言，绝非仅是获得社会地位的一种手段，它偏离了本来的动机，令想象力欢欣鼓舞，是具有纯粹诗性价值的事物。像沉醉于酒精与鸦片那样，他为空想中的绝对权力而沉醉。《瓦泰克》的主人公就这样与其作者密不可分。世界上也没有作家如他那般热爱自己的作品。

我们在此时，会猛然想起巴伐利亚王路德维希二世之名。贝克福德去世的翌年，像继承他的使命一般，路德维希二世降生在这世上。在二人生命存续的时间里，浪漫主义兴起又衰败。事实上，在被称作伟大的浪漫主义者的人之中，华兹华斯与雨果都只是纯粹文学形式的浪漫主义者。他们不过是书写浪漫主义，在日常生活中则是资产阶级的理性主义者。只有贝克福德与路德维希二世，试图真正生活在浪漫主义里。从始至终，他们都属于同一个精神家族。

幼儿杀戮者——十五世纪法国

EGIDII DE RAIZ
MILITIS PROCESSVS
IN FORO
ECCLESIASTICO
ANNO 1440

以历史上最为暴戾恣睢的幼儿杀戮者而闻名的中世纪法兰西贵族吉尔·德·雷（Gilles de Rais），我在不久前已经十分详尽地介绍了有关他的评传[1]，但最近我兴致勃勃地阅读了乔治·巴塔耶的《吉尔·德·雷审判》（Le procès de Gilles de Rais），既有的认知被稍稍颠覆，就想着再作一稿。用法语书写的雷爵士的评传有数种，其中罗兰·维尔纳夫[2]的传记（1955年）简明扼要，但迄今为止我对雷爵士的评价与认知，大部分都依据于斯曼《彼方》（Là-bas）中的见解。它被认为是在形而上学上最为深刻且妥当的。但巴塔耶通过他惯有的艰深思考，修正了一部

---

[1] 指《吉尔·德·雷的肖像》，后收入《黑魔法手帖》。
[2] 罗兰·维尔纳夫（Roland Villeneuve，1922—2003），法国评论家、心灵学研究者、恶魔学和秘契主义专家。主要作品有《兽行博物馆》（Le musée de la bestialité）等。

分于斯曼以来的定说，为解读雷爵士的悲剧提供了新的突破口。其逻辑虽然晦涩，但对我而言仍极有说服力。

"吉尔·德·雷的永世荣光依恃于他的犯罪。但他是否像世人断言的那样，是古往今来最卑鄙的犯罪者？原则上我很难支持如此轻率的断言。犯罪是人类的行为，甚至仅仅是人类的行为，在那里有秘密的一面，尚未被窥视的隐藏的一面。"巴塔耶首先这样说，他设想着阐明吉尔犯罪的悲剧一面。吉尔是中世纪的特权阶级，年轻时就已战功显赫，继承了丰厚的财产，而财产被转瞬间挥霍一空后，他在贫穷中为获得黄金而钻研炼金术，沉溺于恶魔礼拜，在魔法师们的煽动下犯下恐怖的婴儿虐杀之罪，被捕后他被带出法庭，在众人的环视中忏悔，并被公开处以死刑。在他未满四十年的华美而异常的生涯里，我们可以窥见什么呢？

首先，我们不得不考虑这位野蛮的武者、大权在握的男人吉尔属于中世纪封建社会这一事实。在静谧的恐怖里施行的幼儿诱拐与虐杀事件，是耸立着巨大的黑色城堡的封建社会本身的象征。从1432年到1440年，也就是吉尔·德·雷从隐退到死去的八年间，安茹、普瓦图和布列塔尼的各个地区的村民都恸哭着游荡于街道间。所有孩童都不见踪影。心怀恐惧的村民们最初议论纷纷，认为是坏仙女和妖精诱拐了孩子们。慢慢地，一个恐怖的怀疑在心头萌芽。从蒂福日的城堡到尚托塞的城堡，或是拉谢兹和南特的城堡，吉尔每次移居，他的身后都牵引着长长的泪河。今天这些城堡的废墟吸引游客驻足，而在当时却是令人避犹不及的牢狱，城堡厚重的墙壁时常用作阻隔拷问时的尖叫声。不久后这些城堡里诞生了名为"蓝胡子传说"[①]的童话故事风格的传说，在城堡里栖居的却不是坏仙女，而是一个嗜血的男人。他的犯罪是超乎想象的放荡的结果，但根据法庭的记录文件，性快乐并非犯罪的本质。他劈开他的牺牲者——那些幼儿的腹部，把手脚一一切断，浸在黏糊糊又温热的脏腑里，在神情恍惚中凝望着临死之际的痛苦与痉挛。他在濒死的肉体上射出精液，但他由衷渴望的快乐比起性的欢愉更接近杀人的快乐、亲眼看到鲜血的快乐。

目睹鲜血的欲望，与这位封建贵族对战争的爱，以及他疯狂的浪费恶习密不可分。他曾与贞德一同在奥尔良作战，还列席于兰斯的加冕礼，弱冠二十五岁从国王手中获得元帅称号后，在自己的领地里整备了奢侈的军队，召集二百人以上的骑兵做自己的亲卫队，为他们每人都准备了豪华的衣装才心满意足。浪费之二是兴建壮丽的教堂。马

[①] 蓝胡子传说现今流传最广的版本是法国诗人夏尔·佩罗（Charles Perrault）的童话故事《鹅妈妈的故事》中的版本。

什库勒①的城镇里包括附属司铎和少年圣歌队员在内约有神职人员八十人，宛然一个宗教王国。礼拜堂的装饰极尽华美豪奢，使用了大量蕾丝、金线锦缎、镶嵌着宝石的天鹅绒和黄金烛台。吉尔·德·雷在迫近毁灭的边缘铺张浪费，一味地追求着幻惑旁人的眼睛。为了应对疯狂的一种必要的需求，他挥金如土。对于他的夸示嗜好和对浪费的热情，巴塔耶将其规定为戏剧趣味，赋予 exhibitionnisme（夸示癖）之名。

"犯罪显然在召唤夜晚。没有夜晚，或许犯罪也就无法成为犯罪。但无论夜如何深邃，夜的恐怖都渴望太阳的光辉。古代阿兹特克人②的牺牲与在同一时期发生的雷的杀人相比，似乎缺少了些什么。阿兹特克族人在艳阳绚烂的白昼里，于金字塔顶施行杀人。他们缺乏基于对白昼的厌恶和对黑夜的欲望的神圣化志向。与之相反，在犯罪中罪犯要求摘下面具，最后通过摘下面具而获得最初的快乐，这在本质上包含着某种戏剧的可能性。吉尔·德·雷拥有戏剧式的嗜好。从厚颜无耻的行为与告白、眼泪与后悔里，他抽出了执行死刑的悲剧瞬间。围观他接受处刑的

---

① 马什库勒（Machecoul），是法国大西洋卢瓦尔省的一个旧市镇，属于南特区。
② 阿兹特克人，包括墨西哥谷地的多个民族，以使用纳瓦特尔语的族群为主。阿兹特克人在十五、十六世纪迎来鼎盛期，因 1520 年西班牙人入侵而灭亡。

群众看到大贵族抽噎着唯唯诺诺,悔恨地向被牺牲的孩子们的父母乞求原谅,感到恐惧并受到感动。吉尔·德·雷盼望着他能先于两位共犯接受处刑。因为这样他便可以在曾经亲临他嗜血杀戮现场的人面前,在曾经与自己发生过肉体关系的人眼前,炫耀自己被绞杀和灼烧的姿态。"①

我认为在这段简短的文字里,呈现了"恶之哲学家"巴塔耶惊人的深刻洞察。关于作为中世纪消费社会特征的、可以视作游戏的犯罪所具备的演剧性格,此后我还会在与战争的关联性上涉及。但犯罪者本质上的夸示癖问题,则不仅关乎中世纪。对公开处刑的无意识的欲求,无疑也潜藏在现代的犯罪者心里。虽说如此,处刑被公开的中世纪这一时代,同时也是蕴蓄着不可思议的悖论的时代。在神圣与恶的观念都凶猛生长的中世纪这一时代里,圣者的殉教与恶人的处刑是令人目眩神迷的双重形象②。

尽管沉溺于惨绝人寰的施虐行为,吉尔的心却因悔恨的念头而承受着无休无止的压迫与苛责。据于斯曼所言:"他承受着无数亡灵的责备,像畏惧死亡的动物般吠叫着,度过赎罪的数夜。他失去气力而跪倒,抽泣落泪,向神发誓苦行,还做出设立慈善基金的约定。但在他反复无常又

---

① 本段引用自巴塔耶《吉尔·德·雷审判》的第一节《神圣的怪物》。
② 双重形象(ダブル·イメージ),即 double image,在日语中有错视画的意思。

时常亢奋极顶的精神里,多种思想交叠累砌,又逐次离散滑落。他刚被绝望击溃,痛哭流涕,却又突然开始使用暴力,陶醉于迷狂的残虐。他把孩子们领过来,忘乎所以地纠缠,剜下眼球,用手指蘸过血肉模糊的汁液,随后,握着带刺的棍棒击打头部,直到从头盖骨处喷出脑浆。"

无论吉尔的精神曾陷入怎样的混乱,都应该看到,这种混乱与基督教间并无矛盾,吉尔的灵魂可以享有命运的救赎。基督教或许是他为求得免罪而必需的罪之要求,恐怖之要求。圣奥古斯丁所说的"幸福的罪过"也可以这样理解。基督教将唯有基督教才能承受的疯狂的暴力与它自身包含的人性相结合。倘若没有雷爵士的犯罪中展现的疯狂的暴力,我们也就无法理解基督教的本质。也就是说,雷爵士的犯罪是疯狂的基督教的冲动。这一结论除去一些细微的感情色彩,基本与于斯曼的解释一致。

*

巴塔耶的解释中超越了于斯曼的一点在于,巴塔耶在雷爵士身上看到了一个野兽般的人类、一个日耳曼的战士一样的古代人(archaïque),以及一个愚蠢的孩童一样的人。也就是说,在这里被重视的是一种与基督教分离的、将暴力容纳在其自身中的古代的人性。

吉尔的少年时代有许多模糊的部分，有记载1404年年末，他出生在安茹附近的尚托塞城堡。吉尔十岁时，父亲在狩猎时死去，母亲不久后就抛下吉尔和弟弟勒内与其他男人再婚（另一种说法称母亲在勒内出生后不久便去世了），外祖父让·德·克拉翁（Jean de Craon）成为兄弟二人的监护人。这位老人就如同那个时代富裕大贵族的样本，粗暴，阴险，欲望强烈，放任幼小的吉尔，使其受到极其恶劣的道德影响。但据于斯曼所言，吉尔虽在恶劣环境下成长，却很早就对学问和古典文学有高雅的嗜好，"与他的同辈那些单纯的动物性人类不同，他渴望极度高雅的艺术，梦想晦涩而高远的文学，热爱罗马教会音乐，他同时也是博学多识的拉丁学者"。然而依照巴塔耶的意见，于斯曼的如上说法真假难辨。原来如此，雷爵士的人格在后世人看来虽被富有魅力的谜团包裹，但事实上他并非拥有学者气质的男人，而无疑是令人讶异地轻信他人、像孩童一样愚笨的人物。

1432年外祖父在尚托塞去世后，吉尔终于年满二十八岁，他继承了几乎是全法国最为丰厚的遗产。土地与城堡不计其数，收益年逾三万里弗尔，还要再添上法国元帅的年薪两万五千里弗尔。后来这些土地与城堡因他的铺张浪费而不得已一一变卖，不妨说他的财政观念与幼儿相仿。他不知深思熟虑，时常受冲动驱使，不止一次被交易方蒙骗。最后成为吉尔被逮捕的契机的,是他为填补财政上的亏损计划变卖圣艾蒂安-德梅尔莫特[①]的领地,而且不知道吉尔作何想法,竟带着二百个属下入侵教堂,当场逮捕交易方的神职人员,还做出把神职人员投入蒂福日地牢的愚蠢暴行。在此之前,他还听信意大利魔法师的花言巧语,沉迷于降魔术和需要人类做祭品的仪式,这也可以看作证明他愚昧而迷信的一个事实。巴塔耶写道:"他的悲剧是浮士德博士的悲剧,并且是孩子气的浮士德的悲剧。事实上,在恶魔面前,这个怪物颤抖不已。"[②] 最终审判时他的态度土崩瓦解,就像任性而不明事理的孩童。首先他傲然怒斥法官,拒绝做出陈述。随后又从一个极端去往另一个极端,泪眼婆娑地道出了一切,对耳不忍闻的丑恶行径事无巨细地一一忏悔。他丝毫没有为自己辩护的意志,看起来只是屈从于让自己如波涛般激荡的坦白的冲动。

凭借以上证据,巴塔耶将吉尔视作一个孩子。只是这个孩子拥有近乎绝对的权力,自由挥霍着用之不竭的财产。我们无法否认孩童的怪物性。如果孩童拥有与吉尔相

[①] 圣艾蒂安-德梅尔莫特(Saint-Étienne-de-Mer-Morte)是法国大西洋卢瓦尔省的一个市镇,位于该省南部,属于南特区。
[②] 与上文出处相同,引用自巴塔耶《吉尔·德·雷审判》的第一节《神圣的怪物》。

同的权力与财产，想必也会发挥与吉尔相同的怪物性吧。所有孩子都是幼小的吉尔·德·雷。我们称其为怪物是透过大人的目光和理性的目光，而对孩子的世界而言，怪物性是不存在的。剥掉蝴蝶羽翼的孩子，撕裂兔肉的老虎，都不是怪物。与此同时，无视文明约束，只在凌辱女人和孩子时体会生存意义的古代日耳曼战士也不是怪物。生活在中世纪的吉尔，或许是迟到的古代人。

至少在中世纪初期，骑士们的教养里还存留着根深柢固的日耳曼野蛮风气。骑士制度本身也发祥自接受了成人仪式秘传的日耳曼年轻人集团。基督教的影响在骑士道教育里姗姗来迟，它出现在十二至十三世纪，也就是吉尔出生的二三百年前。但即便是赫伊津哈[①]称之为"中世纪的秋天"的十五世纪，残虐、饮酒和放浪形骸等日耳曼的暴力嗜好的风气，仍在基督教和宫廷恋爱繁荣的社会深处静静流淌。吉尔完全具备这些古代的恶德。他是生来骁勇善战的战士，热爱香辛料味浓烈的料理和香料风味醇厚的烈酒，他也像古来所有日耳曼武将那样，被酒精刺激官能，耽于同性恋和残酷的流血嗜好。根据审判记录，吉尔称他"从幼年起就不知廉耻""犯下各种大罪"。对于将战争视作游戏的封建领主而言，让北法兰西一带化作废墟的百

[①] 约翰·赫伊津哈（Johan Huizinga, 1872—1945），荷兰语言学家和历史学家。主要作品有《中世纪的秋天》《游戏的人》等。

年战争，无疑是享受流血快乐的良机。西班牙的费利佩二世[①]在圣康坦掠夺之际，在马背上无法忍住呕吐上涌，吉尔则不具备这种文明人的纤细。在战争这种壮烈的景观面前，这个天生的武者将性兴奋与流血结合并收入囊中。

在中世纪贵族社会中，劳动是卑贱的奴隶们的责任，贵族们就像无牵无挂只是在游戏的孩子那样，享受着自由嬉戏的乐趣。当然，只有特权阶级的大人可以像孩子那样自由嬉戏。没有特权的人们需屈身劳作，有特权者则必须进行游戏，即战争。战争本身便是一种游戏的特权。中世纪的战争与近代战争不同，不应从有效性的角度来审视，它与人类的理性活动背道而驰，是纯粹的游戏。但吉尔所处的战争与特权结合的时代，正在徐徐发生变化。马基雅维利[②]的时代在慢慢迫近。在吉尔眼中战争不过是一种游戏，但这种观点日渐式微。战争徐徐转变成一种总体性的灾祸，同时成为对大多数而言的劳动。贵族也无法再将战争视作游戏，而是将其纳入理性的领域。技术与经济成为决定战争结果的主要因素，游戏部分急剧减少。当然，从

[①] 西班牙的费利佩二世（Philip II of Spain，1527—1598），自1556年起为西班牙国王，1580年起为葡萄牙国王，1554年起为那不勒斯和西西里王国国王。下文中的圣康坦战役发生于1557年，是意大利战争中的决定性战役。
[②] 马基雅维利（Niccolò Machiavelli，1469—1527），意大利的学者、哲学家、历史学家、政治家、外交官。他是意大利文艺复兴时期的重要人物，被称为近代政治学之父。主要作品有《君主论》《兵法》等。

原理来讲战争自始至终是一种游戏，但由技术训练和科学来决定结果的文艺复兴以后的战争，从本质上有合理性的烙印，这一点无可否认。

作为法国元帅在贞德麾下驰骋战场立下赫赫军功的吉尔，在1431年少女将军被烧死后采取了怎样的行动，至今仍是一个谜。失去了王的宠爱和战斗目标的军人的悲剧，或许就在这里生根滋长。被剥夺了战斗特权的武将不过是废物。具现了封建社会精神的吉尔，除了战争可以带给他的场所之外，在世上再无容身之所。然而因战争而疲敝衰竭的封建世界却不再视他为必要。他不得已只能隐遁在蒂福日的城堡里。与此同时，他的城堡里开始飘散起尸臭。

不久后，尚托塞和马什库勒城堡的地下室里都真的挖掘出了腐烂的幼儿尸体，这座不易接近的、位于深窟内部的石质建筑物，在封建贵族被奉为神的时代，是古老战争的象征。古老的战争给予那些渴望陶醉、生来便将生涯奉献给战争的人一种不祥的眩晕。它使人们陷入狂暴的发作，在晦暗的强迫观念里窒息。吉尔无法从眩晕中轻易逃脱，也无法放弃城堡的墙壁所象征的精神。只因他是笨拙而愚昧的孩子气的男人，他无法去梦想和接受游戏般的战争以外的另一种人生。他也无法通过资产阶级式的精打细算和贪欲，重新规划和管理自己的财产。他从未期盼过理性与劳动的世界,也无法在这样的世界存活。

巴塔耶写道:"就这样,死的强迫观念在吉尔的心里生根发芽。一个男人逐渐将自己幽闭在犯罪、性倒错和坟墓的孤独里。在幽深的沉默中,他心里萦绕不去的脸,是他用不祥的亲吻冒渎的死去的孩子们的脸颊。在这城堡与坟墓的舞台装置里,吉尔·德·雷的没落如同舞台的幻影。"[1] 也即雷爵士的悲剧是封建社会的悲剧,是无法顺应时代的大贵族的悲剧,正如只身沉湎于十九世纪纨绔主义的风气,最终被新时代浪潮遗忘的罗贝尔·德·孟德斯鸠伯爵的悲剧一样。

*

随之而来的局面是吉尔·德·雷戏剧化的浪费与破产,为从破产中重振旗鼓而耽于炼金术,以及最后戏耍表演般的死刑。

在不得不放弃战争时,吉尔陷入了疯癫的消费生活。比起骄奢淫逸,更容易让人联想起极端的游戏这种原始的人类原理。民族学者在北美印第安人的奇怪风俗"散财宴"(potlatch)里,发现了这一夸耀式极端浪费的典型事

---

[1] 本段引用自巴塔耶《吉尔·德·雷审判》的《身为贵族的悲剧》一节。

例。据赫伊津哈所言，它是"部族被分为两派，其中一方仅仅为了夸耀己方的优越性而挥霍大量财物，彰显无尽的威严，礼节性地赠予数目庞大的礼品的大规模祝祭"。（《游戏的人》）散财宴的精神存在于罗马时代末期，似乎也存在于中世纪的某些时期。萨特在《让·热内论》①里称之为消费社会的时代也正是如此。"消费的极致并非享受财富，而是破坏财富，作为消费社会代表人物的战士们选择消费自己和自己的身体。"可以这样理解，即为了炫耀而消费的社会学基础与作为游戏的战争很相似。

据传在十二世纪，利穆赞的某个宫廷里举行了不可思议的浪费竞技会。一位骑士在耕地里播撒银币，第二个人用蜡烛烹饪食物，第三个人下令烧死自己的全部马匹。——吉尔虽没有在宫廷竞技会上炫耀浪费，但他在不得不放弃战争之时，幡然把自己交付给极端的消费生活，这让人联想起十二世纪骑士们的心绪。值得注意的是，他已经是十五世纪中叶的人了。在此时，尽管北法兰西的各地仍纷纷建起被称作火焰式②的哥特式大教堂，但经济的现实基础已发生变化。吉尔为震撼世人而修建的豪奢的礼

---

① 指萨特发表于 1952 年的评论《圣热内——戏子与殉道者》(*Saint Genet, comédien et martyr*)。
② 火焰式（flamboyant），十四世纪晚期到十六世纪中叶风靡于欧洲的晚期哥特样式。以双曲线花窗窗格形似火焰而得名。

拜堂，在同时代人眼中不过是喜剧式的时代错误。吉尔向镇民借款，抵押掉自己的城堡，拱手让出土地，然而他的生意对手——包括布列塔尼公爵让五世在内，或许都只是利用了他超乎寻常的浪费行为。

1435年，吉尔在奥尔良驻留期间，为纪念贞德的伟业而挥霍了近乎可笑的庞大财产，举行了戏剧、舞蹈、竞赛和游戏等纪念仪式。这件事长久地被民众议论，也成为贵族间的传闻。他虽崇拜贞德，但无法设想他真的理解这位救国女战士。祖国的命运对他而言如草芥一般，他只对自己抱有兴趣。说白了，他或许只是无意识里想要效仿贞德曾据为己有的、家喻户晓的名声。祝祭的日子里上演了名为《奥尔良之围的圣史剧》的戏剧，戏剧里曾经风光无限的雷元帅被旗帜和武器包围，作为少女将军的重要随从登上舞台。戏剧和他在奥尔良镇内举办的多场豪奢的飨宴结束后，他回到蒂福日的城堡，显而易见地有了破产的征兆。这场祝祭的费用为八万埃居，是今天的我们无法想象的庞大数字。

在蒂福日城中深处的一室里，他聚集起魔法师和冒牌学者，一心沉迷于炼金术和降魔术。无可否认，这是在不得不过上孤独的生活以后，失意的吉尔的纯粹乐趣，但在显而易见的破产面前，通过神秘的学问炼出黄金、逃出困窘生活的欲望，说不定也在他心里滋长。在阿拉伯传来的炼金炉和梨状坛①下，希望的火焰如舔舐般熊熊燃烧。但实验无论重复多少次都以失败告终，炼金术士们来访城堡又陆续出逃。声称善用降魔术的冒牌术士也来了几名，在城堡内施行召唤魔王的仪式，在冒牌术士眼前显形（他们自称）的魔王，一次也没有出现在吉尔面前。

吉尔迷信又易受蒙骗，天真烂漫的程度令人讶异。他向神祈祷，同时也向恶魔祈祷，自己丝毫没有感到矛盾。他虽与恶魔签订契约，却直到最后也没有出卖自己的灵魂和生命。牺牲了如此众多的孩童，他每晚都在认真烦恼，却做梦也没有想过自己会堕入地狱。他确信最终会出现什么奇迹拯救他。审判期间，对他的共犯普雷拉蒂②的审问结束后，普雷拉蒂被牵回狱舍。吉尔拥抱了他，说："永别了，弗朗索瓦，我们不会在尘世再见面了。我要向神祈祷，愿你能一直不放弃忍耐，保持健全而强韧的心。要知道，凡事都忍耐，永不丧失对神的希望，我们就一定可以在天国的无尽欢愉里相见。请你也向着神为我祈祷，就像我为你做的那样。"——对于这般的中世纪的信仰与中世纪的灵魂，我们该作何解释呢？

吉尔对教会音乐展现了近乎迷狂的热爱，或许也证明

---

① 炼金炉（athanor），用于炼金术反应的恒温炉。梨状坛（aludel），炼金术中用于升华作用的梨形器皿。
② 普雷拉蒂（François Prelati），意大利神职人员、炼金术士。

了他对现世罪孽任性自私这一观点。他虽然不如文艺复兴时期的专制君主和佣兵队长那般厚颜无耻，但他也确信建立庄严的礼拜堂、格里高利圣咏和少年合唱的神圣天籁可以洗濯现世的罪愆。

与此同时，圣洁的圣歌队男童女高音[①]对他而言也是官能逸乐的源泉。他不吝惜金银也要求得拥有优美声音的少年，将他们汇拢在身旁。他挑选"如天使般美丽"的孩子服侍自己，根据审判记录，孩子们也需亲临血肉模糊的幼儿杀戮现场，他们的任务是把幼儿的遗骨收入箱中。拥有美好嗓音的少年让·罗西尼奥尔（Jean Rossignol，Rossignol为夜莺之意）本属于普瓦捷教会的合唱队，受到了吉尔的垂青，吉尔以馈赠马什库勒的土地为约定，强行把他带回蒂福日的城堡里。

被吉尔杀掉的少年究竟有多少人呢。吉尔本人的叙述很暧昧，根据审判记录，直到他死刑为止的八年间，有八百人死亡。像纳粹那样使用近代技术手段的情况暂且不谈，八百这一数目在当时无疑是令人震撼的数目。罗马的暴君、意大利的僭主、蒙古的大汗，也未曾仅仅为自己嗜血的快乐而施行如此规模的大杀戮。而事实上对数目

[①] 男童女高音（boy soprano），演唱等同于女高音音域的未变声青少年男性歌手。

一事，评论诸家众说纷纭，米什莱[①]称有一百四十人，格雷斯[②]称有一百五十人，朱尔·拉尼奥[③]称有二百人以上，于斯曼也认为虐杀八百人荒诞不经。八年间，蒂福日的村庄也好，拉谢兹也好，男孩全都不见踪影，尚托塞城堡内，塔楼的地下室里尸体堆积如山。

*

吉尔·德·雷被逮捕后，于1440年10月在南特的法庭接受公开审问。10月22日他在法庭上的坦白事无巨细，从关于炼金术的知识开始，还涉及向恶魔祈愿、幼儿屠杀的大罪。当他开始讲述犯下的罪行，坐在拥挤的旁听席里的女人们恐惧得大叫后晕倒，连法官们也面色苍白。吉尔对这样的骚动充耳不闻，他像是要拭去滴落的血液般凝视着自己的双手，汗流浃背地继续自己的演讲。告白结束后，他像是一下子失去了全身力气般突然跪倒在地，颤

[①] 儒勒·米什莱（Jules Michelet，1798—1874），法国历史学家。有自由主义和浪漫主义混合的独特历史观念，著有《法国大革命史》《人民》等。
[②] 格雷斯（Joseph von Görres，1776—1848），德国作家、历史学家、神学家。格雷斯在1835年至1842年期间写下的《基督教的神秘主义》（*Die christliche Mystik*）中提到了被戕害少年的人数。
[③] 朱尔·拉尼奥（Jules Lagneau，1851—1894），法国教育家、哲学家。他一生在高校教书，逝世三十年后，有学生将他的思想结集出版。

抖着身体抽噎着哀诉道:"神啊,请赋予我同情和赦免。"

"在不算遥远的过去,司法上的处刑还是一种为民众提供娱乐和不安的演出节目,"巴塔耶写道,"在中世纪,不存在没有成为演出的处刑。罪人的死在当时拥有与舞台上的悲剧相同的资格,是有关人类生命之昂扬的意味深远的瞬间。战争与杀戮、宗教上豪奢盛大的仪式、罪人的处刑,在支配民众的意味上都拥有与教会和城塞相同的资格。道德感觉和日常诸多生活感觉都受其启发。因为吉尔·德·雷接受裁决必须被处以死刑,他自被逮捕的瞬间起就注定成为服务民众的演出节目。就像戏剧宣传单上的节目预告,他的死刑早已被预示。在中世纪林林总总的罪人处刑之中,再没有如吉尔·德·雷般富于戏剧式的感动的了。同样,他的审判作为伊始的审判,亦是古往今来最为感人和具备悲剧气质的审判。"①

最初他忿忿不平怒斥法官,却因被逐出教会而开始出现动摇,狼狈不堪。他犯下触目惊心的罪行,沉溺于恶魔般的行径,但却有笃信者的气质,始终未曾背离神。他跪倒抽噎,恳请撤回逐出教会的宣告。犯罪者的夸示癖、旺盛的坦白冲动点燃了他荒废的内心之火。这火的荣光点燃了旁听席的民众……我们对巴塔耶记述的追述就止步

---

① 本段引用自巴塔耶《吉尔·德·雷审判》的最后一节《演出节目式的死亡》。

于此。

"由于吉尔诚挚的恳求，法院撤回了逐出教会的宣告，允许他参列圣礼仪式。神的惩罚告一段落。他承认了罪行，接受惩罚，神的惩罚因悔悟而消失。遗留下来的唯有人类的惩罚。俗世审判宣告他的幼儿诱拐和虐杀之罪，判他死刑及没收财产。但吉尔事到如今，对终将到来的审判已全无惧色。他谦卑热忱地渴求救世主的慈悲。为了在死后可以免去身陷永远的焦热地狱的责苦，他由衷祈求站上火刑台，在现世完成赎罪。"于斯曼这样写道。中世纪无愧于伟大的悖论之时代，我只能这样承认。

恐怖大天使——十八世纪法国

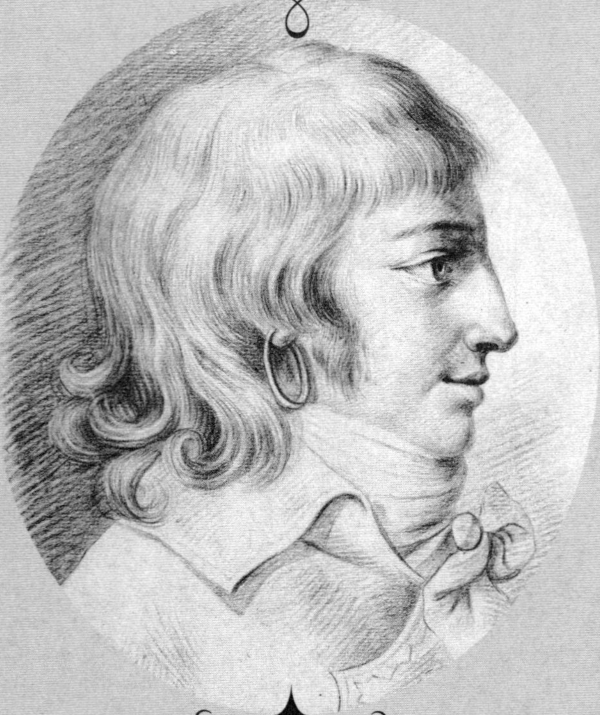

在命运般的热月九日政变那天,如果国民公会听取圣茹斯特①的报告直到最后,如果圣茹斯特可以再存活一些时日,那么拿破仑孤身一人登上舞台的时代便不会到来。这似乎是诸多历史学者的一致意见。摧枯拉朽的大革命暴风雨停息时,时常被比较的这两个人都已迎来壮年。1794年,圣茹斯特在断头台上抱憾而终,这位被称作"恐怖时代的大天使"的年轻公安委员②只有二十七岁,比他年轻两岁的拿破仑二十五岁,前者抵达了血腥的权力绝顶,后者却不过是无名的地方派遣军司令官。如果热月政变的反

---

① 圣茹斯特(Louis Antoine de Saint-Just,1767—1794),法国革命家、政治哲学家、国民公会核心成员、雅各宾派领袖、法国大革命的重要人物。
② 国民公会于1793年创建公安委员会,为法国大革命的恐怖统治时期(1793—1794)的临时政府。

动没有取得胜利,圣茹斯特取代罗伯斯庇尔掌握了革命政府的指导权,那么诚如马蒂兰·德·莱斯屈尔[①]所言,他才是拿破仑最危险的对手——风华正茂且富于决断力、行动力和组织力,这两位天才指导者之间的对决,无疑会大幅度改变此后的历史方向,成为真正富于戏剧性的斗争。

不仅是莱斯屈尔,被有关拿破仑的记忆纠缠不休的十九世纪革命史家们——无论是米什莱还是奥拉尔[②],都无法战胜将圣茹斯特与拿破仑相提并论的诱惑。但如果将二人作为个人来亲近,而非作为历史舞台上的英雄来对比,那么二人间的性格差异昭然可见。拿破仑玩世不恭,圣茹斯特则更为严厉和绝望。正如阿尔贝·奥利维耶[③]卷帙浩繁的《圣茹斯特传》的序文中安德烈·马尔罗[④]正确的指摘,与只追求荣光、被野心引领的拿破仑相反,圣茹斯特近乎疯狂地追寻对他而言至高无上的价值,即共和国的理念,不惜最后为之殉死。作为绝对事物的追求者,他短暂如火花的生涯常被与兰波相提并论,一心忠诚于原理、孤

[①] 马蒂兰·德·莱斯屈尔(Mathurin de Lescure,1833—1892),法国历史学家。
[②] 阿方斯·奥拉尔(Alphonse Aulard,1849—1928),法国历史学家,主要研究领域是法国大革命和拿破仑。
[③] 阿尔贝·奥利维耶(Albert Ollivier,1915—1964),法国历史学家、记者。下文《圣茹斯特传》指1954年出版的 Saint-Just et la force des choses。
[④] 安德烈·马尔罗(André Malraux,1901—1976),法国作家、冒险家、政治家、知识分子。阿尔贝·奥利维耶《圣茹斯特传》的序文是安德烈·马尔罗所作。

高傲岸的姿态，也常引人想起陀思妥耶夫斯基作品中的人物。他才是在大革命的最后阶段与恐怖时代①完全合为一体的人物，借用泰纳②的表述，他是"革命的一把活着的剑"。有趣的还有，历史学者们虽厌恶雅各宾主义和罗伯斯庇尔，却难以抑制对圣茹斯特的赞许之意。青年那纯洁的斯多葛主义，使尖酸刻薄的他们也深深为之着迷。

然而，我在十数年间成为圣茹斯特的俘虏，并非单是因为传记作者所描述的那样，他有与冷酷的恐怖分子极不相称的、女人般的容貌和天使般的美丽。承蒙小牧近江③厚意，数年间借我翻阅夏尔·韦莱（Charles Vellay）编辑的《圣茹斯特全集》两卷，学生时代起它们便是我的枕边读物。那时我桌上的右侧是萨德侯爵，左侧是圣茹斯特。位于对跖点④的两个灼热的灵魂使我为之痴狂。那是激越

---

① 恐怖时代，指在法国大革命中，法兰西第一共和国成立后，为了回应革命热情、反教权情绪和公安委员会的叛国罪指控，发生了一系列屠杀和无数公开处决的一个时期。
② 泰纳（Hippolyte Taine，1828—1893），法国评论家、历史学家、哲学家，实证主义代表人物，对法国自然主义产生了重要影响。著有《现代法国的起源》《艺术哲学》等。
③ 小牧近江（1894—1978），法国文学研究者、翻译家、社会学家、社会活动家，法政大学教授。与涩泽龙彦有合译小说雨果·克劳斯（Hugo Claus）的《猎鸭》（村山书店，1957年），1987年再版时改为涩泽单人署名。此外，小牧的名字还出现在涩泽的《自作年谱》1952年的条目中，自那时起涩泽便出入于小牧氏位于镰仓稻村崎的宅邸。
④ 对跖点，球面上任一点与球心的连线会交球面于另一点，这两点互称为对跖点。

和极端的存在。不久后，加缪在《反抗者》的第三章《历史性造反》里无意间对比探讨了这二人。我隐约预感到的事物被加缪运用明晰的逻辑论证了——对此我将在后文涉及，按照先后顺序，首先要做的是纵览圣茹斯特的生涯。

*

路易·安托万·莱昂·德·圣茹斯特于1767年8月25日，生于法国中部讷韦尔省的德西兹。父亲是农民晋升的轻骑兵大尉，荣获最下级贵族的骑士（Chevalier）称号，母亲是村里富裕的公证人之女。（后来圣茹斯特在国民公会里被政敌揶揄为"骑士圣茹斯特"。）少年最初寄宿在附近做神甫的伯父家里，伯父过世后，他被当时迁居回故乡皮卡第的双亲领回了家。他是长子，此后还有两位妹妹相继出生。

法国北部的皮卡第地区乡村氛围浓厚。在这里度过青少年时期的圣茹斯特，在成年以后也保留着对田园牧歌情绪的强烈憧憬。他十岁时，已退役的父亲在同一地区名为布莱朗库尔的小村庄里添置房产，一家人移居到这里，而父亲却在年内离世。

成为未亡人的母亲把儿子送到苏瓦松的奥拉托利会[①]寄宿宿舍学习，他在纪律严明的教会学校里住到十八岁，教师（全都是修道士）中有进步思想者，时常与他促膝长谈。他在同级生间的评价差别迥异，有人说他"亲切善良"，有人说他"嗜好破坏，喜爱粗野的游戏"，他似乎是"比起被人敬爱，更接近于被人畏惧"的存在。可以确定的是他爱好写诗，而指导老师曾在读过他关于宗教的论文后预言"将来，此人不是成为伟人，就是成为大恶人"的逸事则不足为信。

圣茹斯特休假时回布莱朗库尔探亲，与村庄里公证人的女儿路易斯·热莱（Louise-Thérèse Sigrade Gellé）相识，秘密相爱。这个姑娘比他年纪大，是脸上有雀斑的丰腴美人。二人手牵着手，在附近的原野和库西的古城遗迹间流连，青年给姑娘看自己的诗，诉说着自己在文学上的野心。不久后流言四起，震惊的姑娘父亲在圣茹斯特不在时强迫女儿嫁给了收税吏的儿子。这是年少的圣茹斯特遭受的第一次打击。

此后，自暴自弃的圣茹斯特带着家里的银器飞奔巴黎，于巴黎被宪兵逮捕，在母亲的申请下被投入皮克皮斯的感化院，这在以往的传记上已成定论。似乎有圣茹斯特

---

① 奥拉托利会（Société de l'Oratoire de Jésus et de Marie Immaculée），十七世纪初在法国成立的天主教团体。

在巴黎改名换姓寄给母亲的信残存下来。但自夏尔·韦莱的研究以来,这个过于浪漫的说法受到了质疑。事实上,自那时起他频繁寻机逃离巴黎,在皇家宫殿附近的风月区逡巡,与无赖、女伶和娼妓来往,度过了晦暗的不良少年时代。就算不是家里的财产,偷盗一事大抵上也犯过。总之他颓废的青春是在巴黎、布莱朗库尔、苏瓦松和兰斯的街市度过的。母亲为想学法律的儿子在苏瓦松谋得了诉讼代理人书记的职位,还送他去兰斯的法科大学。一年以后他获得了法学士学位。

根据米什莱的记述,在兰斯的大学时代里,他"在寝室张满黑布,关紧窗户,在如坟墓般晦暗的房间里,他幻想着自己已经在孤岛死去,就这样度过数个小时"。阅读关于古罗马的书籍让多愁善感的年轻的圣茹斯特情绪高涨。被认为是他写作于这一时期的声名狼藉的淫靡长篇诗《奥尔冈》(*Organt*),并没有充溢着对伟大的古代世界的憧憬,而是将丑恶的现实寓言化,彻底愚弄着王、女王和僧侣支配的既成秩序,是露骨的反抗诗。先是出现了神、恶魔与神话中的怪兽,不久美女就被淫荡的僧侣凌辱,接着被施了魔法变身成毛驴的男人以野兽的姿态与恋人交合(也就是兽奸)。错综的故事情节和寓意难以轻易参破,但不难想象直面世界之荒谬的青年在异常的空想故事里,寄托了胸中积郁的形态不明的愤懑与焦躁,故事几乎是不加修饰地被抛掷于纸上。(毛驴凌辱少女的主题诚如作者本身承认的那样，借用了伏尔泰的反宗教长诗《奥尔良的处女》。)

凭借《奥尔冈》，诗人圣茹斯特得以被视作兰波和洛特雷阿蒙[①]等人的先驱者，即"被诅咒的诗人"的遥远先驱者。最初留意到这位青年革命家的文学一面的人，是从这一角度编纂了圣茹斯特选集的让·格拉蒂安（Jean Gratien）。诚然，他的放浪形骸、暴行、诗作、与文学过早的诀别，都引人想起《地狱一季》[②]的诗人。兰波也有一位下级军人父亲，生于法国北部的沙勒维尔乡村，时常企图逃往巴黎，如大家所熟知的那样，他在巴黎与诗人前辈魏尔伦过着荒唐放荡的生活。对言语的世界轻易断了念头，飞身跃入行为的世界，在这一点二者也十分相似。不同的是前者在二十七岁那年在断头台上抱憾而终，而兰波在放弃文学后约二十年间在卑贱的职业间辗转营生。

《奥尔冈》于1789年5月在巴黎出版，时值大革命爆发的两个月前。因为畏惧当局追究，作者隐去姓名，把出版社一处填成了梵蒂冈。这是当时出版猥亵读物和政治宣

[①] 洛特雷阿蒙（Comte de Lautréamont, 1846—1870），法国诗人，出生于乌拉圭，本名伊齐多尔·迪卡斯（Isidore Ducasse），对现代艺术与文学，尤其是超现实主义者产生了巨大影响。
[②] 《地狱一季》（Une Saison en Enfer），兰波诗作，出版于1873年。

传小册子的惯用手段。当局果然扣押了书籍并下令立刻逮捕作者。圣茹斯特感到身处险境,便潜入地下。不久后的7月14日,巴士底狱发生暴动,巴黎市陷入混乱,他才得以幸免于追捕。

圣茹斯特似乎在巴黎的某个地方有些淡漠地目睹了巴士底狱暴动和巴黎市中骚乱的经过。民众的蜂起在他眼里好像不过是"奴隶们的陶醉"。他经过了怎样的内心世界的转变,来清算颓废的青春时代、在实践活动里寻觅新的目标,我们尚未明确,但从那时起他便决意彻底放弃以往的生活态度。有几篇文章大概是他在坚定的决意下写成的,就从大约完成于1789年的独幕诗剧《小丑第欧根尼》(*Arlequin Diogène*)里引用一节。

> 我的心是自由的　　斩断锁链
> 从人类的蒙昧愚钝中解放
>
> 我已坚固永远的决意
> 把快乐与恋爱踩在足下
>
> 大逆之罪的华丽衣裳
> 诉说着你犯下的所有罪恶

恋爱不过是无聊的欲求

与伟大的心无亲无缘……

显而易见，从恋爱的迷惘中醒来的小丑是作者自身的暗示。像是褪去了小丑的衣裳，他不得不从过去的破烂不堪的自己中蜕变。那是通过混沌之后的决意与选择的时期。圣茹斯特会如何选择？他曾说明《奥尔冈》的创作意图是"风俗与疯癫的类比（analogie）"。如今他已投身于世界的疯癫而再无法满足于描写疯癫，他体悟到必须根绝这个世界的疯癫。无目的的反抗终于转化为对统一的热情。他在变革自我与变革世界紧密结合的节点上，作为革命家出发。这便是年轻的圣茹斯特最为特别之处吧。对他而言，如今作为绝对目标的对共和国的热情，便是对统一的热情，是对世界的哲学式热情，是对原理的抽象式热情。与此同时，它也是对自己的斯多葛式的热情。

根据奥利维耶的意见，圣茹斯特在兰斯读大学时就已经悄悄接触了于十八世纪开展蓬勃思想运动的神秘主义秘密结社——共济会。关于共济会在法国大革命过程中发挥的作用，一直众说纷纭，毁誉褒贬不一，但事实上以奥尔良公爵和米拉波①为首，众多贵族和第三等级②的议员都加入了这一结社。圣茹斯特在后来的演说中多次引用的"风俗之再生"这一表述，就是共济会的革命计划里最为典型的表述之一。它并非近代政治意义上的反动，而是语言的严密意义上的反动，是对黄金时代的乡愁，对道德和绝对原理的复归。换言之，是引领因技术和产业而堕落的民众，去往伟大的古代道德状态中"再生"。众所周知，不仅是圣茹斯特，与他同时代的人大多都梦想着古代罗马和斯巴达的共和国。秘密结社的反动理念与作为十八世纪之旗帜的进步宗教并驾齐驱，支配了革命的实践活动家的热情，这一点难道不引人深思吗？

二十三岁时，决定了自己愿为之赌上生命的目标，圣茹斯特纵身跃入革命实践活动的激流。他给前辈卡米耶·德穆兰③及罗伯斯庇尔寄去热烈的书信（1790年），当选为国民公会的议员（1792年），以冷峻无比的论调主张处死路易十六。经过处理国王审判一事，他的才能一举

---

① 指米拉波伯爵（Honoré Gabriel Riqueti, comte de Mirabeau, 1749—1791），法国革命家、作家、政治记者、外交官，共济会会员，法国大革命早期领袖。
② 第三等级，在法国大革命前，是相对于第一等级神职人员、第二等级贵族而言的平民组成的阶级。
③ 卡米耶·德穆兰（Camille Desmoulins, 1760—1794），法国记者、政治家，以攻占巴士底狱时在皇家宫殿煽动群众而闻名。他与马克西米连·罗伯斯庇尔是同学，并与乔治·雅克·丹东（Georges Jacques Danton）是亲密的朋友和政治盟友，他们都是法国大革命期间有影响力的人物。

获得认可，成为雅各宾党的中心势力罗伯斯庇尔派的最为强有力的斗士，1793年公安委员会成立，同年7月他取代没落的山岳党①，成为公安委员。——无论翻开哪一部法国革命史，都会以对当时社会状况和政治状况的分析为背景，详细说明这些事情。我在此也无须赘言。在这里需要尝试的是从另一角度去接近作为行动家的圣茹斯特的形象。那么就来分析一下他被频繁援引、令加缪感叹其为"断头台风格"的那篇全文运用格言体的论文，也是他最初的政治论文——《革命的精神》(*L' Esprit de la Revolution*)。

*

夏天，在布莱朗库尔的乡间，圣茹斯特在庭院的树下摆放了三张桌子，在每张桌上摆好纸和笔，一边耽于冥想，一边在庭院里踱步，意兴来时就在离自己最近的桌前坐下提笔。时而，他像在以看不见的听众为对象慷慨陈词。1790年夏天，是革命伊始之时。在此之前，他就开始执笔政治论文了。

---

① 山岳党（La Montagne），又称山岳派，法国大革命时期一个激进派政治团体，以马克西米连·罗伯斯庇尔与乔治·雅克·丹东为首，由中产阶级组成，反对吉伦特派，因其成员都坐在议厅最左侧的高台上而得名。

《革命的精神》在翌年6月出版。著者在序文里写下不逊的句子："虽有很多人探讨这场革命，但大部分人都等同于什么也没有说。"果真如政敌所言，他的"妄自尊大无人能及"吗？但原本这部书究竟要向读者诉说些什么呢？

　　一句话来说，是让"永远"与历史和解。从相对主义的虚无主义中，生出行动的绝对主义。更简单来讲，是与历史一体化生存，"让自己与共和国同化，如同圣者在神中消灭自己"。（马尔罗）他的理论里没有沾染位于十八世纪哲学出发点的孟德斯鸠风格的理性信仰，还试图排除宗教的神圣与世俗的神圣（理性）双方。对世界之荒谬的认识成为理论的基盘。在这个限度内，他的理论与《奥尔冈》的精神完全一致。这是他超越了自己所处的时代的革新之处。"在这个世界上，一切都是相对的，神亦如此。所有善的事物都不过是弱者的一个偏见。真理唯有贤者可以感知。"还有，"除善以外，没有任何神圣的事物。放弃善就不再是神圣的。只有真理是绝对的"。

　　对于这些透着经院式形式逻辑学气息的概念操作，加缪说："论断连发、公理式和格言式的风格，比生动逼真的肖像画，更能巧妙地描绘他。"（在这种情形下，圣茹斯特对论断的喜爱可以理解为行动的类推。）无论如何，他一边说善的事物是偏见，一边说善之外没有任何神圣的事物。这不是自相矛盾吗？但问题在于善在历史上的相对性，为国家和民族左右的道德的相对性。对他而言，道德的相对性不是如帕斯卡断定的那样，来自人类的悲惨，也不似孟德斯鸠所笃信的那样，源自理性进步的不成熟。像神之于帕斯卡、理性之于孟德斯鸠那样的永恒不变的价值，对于圣茹斯特而言是不存在的。

"人类的心灵从自然走向暴力，又从暴力走向道德。"他说，"人类受自然法则支配，只发生在文明化在无原理中开始的时候。"与卢梭相同，他也将"自然"视作人类的理想状态。然而从"自然"驶向"暴力"的历史齿轮我们却无法阻止。历史的现状已经一目了然地证明了人类的堕落，人类必然经历一个暴力的阶段，才能再次通过道德复归自然。暴力既可以成为善也可以成为恶。"恐怖是双刃剑。既侍奉镇压，也侍奉民众。""当然，现在还不是行善的时候。现在人们施行的种种善行不过是一时的权宜之计。舆论应当去等待一种壮大而总体性的恶的降临，这种恶会令人感到给行善的行为施以适宜处置的必要。"

由此我们可以明白，对圣茹斯特而言，将道德的相对主义转化为一种绝对主义的，通常是历史状况。与历史一体化的人善用恐怖与暴力，脱离历史的人却只能用它作恶。为了复归总体性的善，也即自然状态、"原始的单纯性"，在此之前需要世间的恶达到极限，静候"废墟的圆环"闭合之时。这便是"最后的审判"般恐怖的时刻。——在《革命的精神》中,"恐怖大天使"圣茹斯特如启示录的天使般吹响警告的号[①]。如马尔罗恰如其分地指出:"对他而言,共和国不单是政治制度,它首先是一个启示录,是通向未知世界的希望。"

就这样,圣茹斯特使恐怖主义正当化。他主张断头台是在为美德工作,为全体意志工作。"我们发起的革命不是判决,而是落在恶人头顶上的雷击",并且"我们的目的是如同确立向善的一般性倾向那样,去建立事物的普遍秩序"。——利用恐怖去建立事物的秩序,那么严苛的法律也就理所当然成为必要。"全体意志=断头台=法律"这一等式由此产生。尽管出于美丽的乌托邦式梦想,圣茹斯特的共和国却最终成为罗马风格的、形式的、法律至上的共和国。

圣茹斯特在法律和断头台之下,梦想着抽象的美德共和国时,还有另外一个抱有"法律支配劣于无政府状态"这般奇矫思想的男人。这个男人原本是贵族,在大革命爆发前的十三年间都被幽禁在万塞讷和巴士底的牢狱中。

"法律支配劣于无政府状态。最为明了的证据是,无论何种政府在修改宪法时,都会陷入无政府状态。废止旧的法律,便不得不确立无法律的革命制度。这个制度到最

[①] 据和合本《新约·启示录》8:2-11:19,有七位天使吹响七枝号,每一枝号响起,都有灾难发生。

后会孕育新的法律，但第二状态派生自最初的状态，无论如何也不及最初的状态纯粹。"(《朱丽埃特》[1])

萨德侯爵深知法律使民众受苦，其结果难以预料，因而无法相信社会契约的思想，"全体意志"的理论于他而言想来也不过是纯粹由语言构筑的空虚理论。与圣茹斯特截然相反，萨德的思想里存在的是"个人意志＝暴力＝无政府状态"这一等式。

加缪做出如下明快的陈述："圣茹斯特这位萨德的同代人，从不同的原理出发，最终却同样走向为罪行辩护。圣茹斯特显然是反萨德的。如果说侯爵的信条是'要么打开监狱，要么请证明您的美德'，国民公会议员圣茹斯特的信条则是'要么证明您的美德，要么请您进监狱'。然而两人都将恐怖主义正当化了。就自由思想家而言，是个体恐怖主义，就美德的祭司而言，则是国家恐怖主义。绝对的善或绝对的恶，如果必须按逻辑推断，两者需要相同的狂热。"

相同的狂热！圣茹斯特的悲剧是逻辑本身要求的矛盾所必然引发的悲剧。他的绝望源于他已再无法辨认自己与

---

[1] 《朱丽埃特》，全名为《朱丽埃特，或恶德的繁荣》(*L'Histoire de Juliette, ou les Prospérités du vice*)，是萨德侯爵于1797—1801年出版的小说，与《朱斯蒂娜，或美德的不幸》(*Justine ou les Malheurs de la Vertu*，中译名为《贞洁的厄运》)是姊妹篇。涩泽龙彦与现代思潮社社长石井恭二因翻译和出版猥亵书籍《恶德的繁荣》而在1961年被起诉，1969年被判有罪。

萨德侯爵的面容。

*

成为革命家以后，圣茹斯特在私生活上的极端禁欲主义广为人知。娱乐活动只有每天清晨在布洛涅森林骑马和在塞纳河畔的浴场游泳。一个清晨，早早来到公安委员会的圣茹斯特差人去买香肠、面包和瓶装葡萄酒作为早餐。早餐送到后，他一边吃一边在事务所徘徊，看起来若有所思。突然他像是无法抑制感情一样忍不住说："法国国民议会议长每天早餐吃香肠，这样的事皮特[①]看到后会说什么？"——这不正是叶隐武士般的纨绔主义和自恋吗。他无限度的自尊心的秘密也在于此。圣茹斯特的行动主义、能量崇拜、对单纯的信仰、乌托邦期望、道德相对主义、对论断的热爱、格言式的风格，都与日本的《叶隐》[②]思想十分相近。

他十分注重仪表仪容也是引人瞩目的事实。根据卡

[①] 指小威廉·皮特（William Pitt the Younger，1759—1806），活跃在十八世纪晚期至十九世纪早期的英国政治家。小皮特首相任内，欧洲风起云涌，先后爆发了法国大革命和拿破仑战争。
[②] 《叶隐》亦作《叶隐闻书》，成书于江户时代中期（1716年前后）。由佐贺藩山本常朝阐述、田代阵基笔录，阐述了武士道精神及对当时社会的批判。

米耶·德穆兰的证言，他"把头安置在肩上，如同虔诚地供奉圣体"。无论注视他的哪一幅肖像，他的颈部都被高高竖起的绢布领子严实地包裹着，头发浓密，耳边坠着硕大的耳环。嘴唇性感而丰厚，面色苍白，眼中有轻蔑的神色。

他年少时的初恋经历已经在前文涉及，他的女性关系也表明了他的洁癖。曾有传说讲他频繁造访皇家宫殿附近的娼家圣阿玛朗特，被拒绝后为泄愤而把娼家的女主人送上了断头台。但最近这个传说被彻底否定。在他的生命里留下姓名的女性只有两位。

其中一位是前文所述的初恋对象路易斯·热莱。有证据表明，1793年7月，她离家出走前往巴黎。那时圣茹斯特是如何应对她的呢。一种说法是他冷漠地回绝了会面，但近来圣茹斯特在生前片刻不离身的笔记本中被发现有小说的片段，几乎可以证明两个人似乎曾在巴黎的某地幽会。它是自传性质的，即所谓的私小说，详尽勾勒了床笫之间的情事。同一本笔记本里还有名为《讨女人喜爱》的短文。"为了与女人一同幸福，需不让女人察觉地令她幸福。""过度讨好女人，让女人全然满足是危险的。想让女人情欲燃烧，漠不关心是必要的。女人会很快习惯激情的爱抚，最终厌倦。需要时刻让女人留存欲望。"

与路易斯·热莱最终分别后，圣茹斯特身边不乏新的女性。如与圣茹斯特是雅各宾党同僚、一同作为全权委员被派遣去莱茵战线的勒巴斯[①]的妹妹亨丽埃特。在莱茵战线上，圣茹斯特活跃得令人目眩而精力绝伦，引人想起俄国革命中的军事人民委员托洛茨基[②]，在艰辛凶险的马车旅途中，勒巴斯的妻子和妹妹与他相伴同行。当时十七岁的亨丽埃特与二十六岁的圣茹斯特订下了婚约。通往前线的马车里坐着两对青年男女。其后，勒巴斯的妻子写下对这场旅行的回忆："旅途中，圣茹斯特对我如亲切的兄长般关怀备至。到达驿站时，他飞身跃下马车，处处留意我的状态。（注：当时她在妊娠期。）他对我十分体贴，使我忘记旅途的漫长。为纾解烦闷，两位男性又是为我们诵读莫里哀和拉伯雷的著作，又是唱意大利民谣。"

圣茹斯特为何最终没有与亨丽埃特结婚，理由尚未明确。一说她有与青春年少不相称的浓厚政治热情，为罗伯斯庇尔倾倒，对与罗伯斯庇尔意见相左的圣茹斯特日渐冷淡。一说不喜奢侈的圣茹斯特看到她沾染了吸食烟草的恶习，怒不可遏。

---

① 勒巴斯（Philippe-François-Joseph Le Bas，1765—1794），法国政治家。与圣茹斯特和罗伯斯庇尔等人一同施行恐怖政治。
② 托洛茨基（Leon Trotsky，1879—1940），苏联革命家、军事家、政治理论家和作家，布尔什维克主要领导人、十月革命指挥者、苏联红军缔造者和第四国际精神领袖。涩泽龙彦与栗田勇合译过托洛茨基《我的生平》（现代思潮社，1966年）。

人生末期（也不过二十七岁）的圣茹斯特与罗伯斯庇尔间的鸿沟日益加深，他自身亦被恐怖政治的现实背叛，深陷绝望的身影也是悲剧性的。由断头台支配的美德变得不再可能。"革命被冻结了。所有原理都被削弱了。现在只剩下阴谋家戴上红帽子①了。如烈酒麻痹味觉，恐怖政治的施行麻醉了犯罪的感觉。"

只从原理出发的男人清清楚楚地看到原理的败北，没有什么比这更为痛苦。在这样的情形下，拯救原理和自己的信念的唯一方法，就是亲自接纳原理并为原理殉死，此外别无他法。即便现实是原理的败北，但历史判断定能拯救原理和自己。"自罗马人那时起，世界便已是空虚。他们的回忆充溢了世界。"他这样写道，或许在思索自己也是罗马人的同伴，欲留得身后之名。圣茹斯特似乎早已在遥远的从前就预感到了自己的死亡。对国民、党派和权力绝望的他，在人生末期写下的论文里时常蕴含着死亡这一观念。如今他所期待的只剩下死亡。"坟墓，我殷切渴求你如同渴求上天的恩惠。那些对祖国和人类的犯罪仍没有受到任何惩罚，我已目不忍视。诚然，如果不得不成为共犯或犯罪的无助的目击者而继续徒劳地生活下去，那舍弃这个世界也算不得什么。"

---

① 指弗里吉亚无边便帽（Bonnet phrygien），一种顶端弯曲的锥形软帽，在法国大革命中作为自由和解放的标志。

热月九日政变时最后的演说，他一开始就说出了那个著名的句子，掷地有声："我不属于任何党派，我要打倒所有党派。"这可以诠释为因钟爱原理而反抗全部现实，最终慷慨赴死的语言。被塔利安[①]妨碍，演讲无法继续下去时，他倚靠着讲坛，双臂交叉，一言不发地凝视着会议场上的混乱。不隶属于任何党派的他不想为罗伯斯庇尔效力，也不想辅佐比约-瓦雷纳[②]。他想成为仲裁者，却不允许自己成为任何党派的辩护人与共犯。自他在国民议会收到死刑宣判以来，直到他把头伸到断头台的刀刃之下，圣茹斯特神秘而深远的沉默的意义，似乎就如同上文中讲述的那样。如加缪所言，他为对原理的"不可能的爱"而保持沉默，最终为它而死。

圣茹斯特死后，有一位女性想要他生前居住在加永街上的合众国酒店时的粉彩肖像画。这位女性是与他共同死去的挚友勒巴斯的妻子。为悼念亡夫，她无论如何也想得到它。这幅肖像画现在保留在卡纳瓦莱美术馆。绘制肖像画的作者是与圣茹斯特居住在同一家酒店的一位女性。

[①] 塔利安（Jean-Lambert Tallien，1767—1820），法国大革命时期政治家。最终与罗伯斯庇尔发生冲突，是导致罗伯斯庇尔倒台和热月政变的关键人物。
[②] 比约-瓦雷纳（Jacques Nicolas Billaud-Varenne，1756—1819），法国大革命恐怖时期关键人物，曾作为公安委员会的一员，主张推行恐怖政治。其后反对罗伯斯庇尔的独裁，在热月九日政变时推动了罗伯斯庇尔的失败。

法国现代的激进诗人们思想倾向虽各不相同，但为圣茹斯特倾倒的诗人却为数众多。布勒东①过世后，继承他的浪漫主义及对神话的热衷的战后超现实主义者朱利安·格拉克②或许是最为狂热的圣茹斯特的赞美者。我想全文引用他动人的散文诗，作为这篇文章的结尾——

  恐怖时代年轻的政治家们，如圣茹斯特、雅克·鲁③、罗伯斯庇尔的弟弟——在没有激情便无法编纂的书籍里，在满布尘埃的纸页间——不可否认，我情不自禁地欣赏着他们天使般的美丽——优雅的首级上的花环周围，几个世纪如埃及的香油般流淌而过。在这期间，为了后世的我们，"清廉之士"的异名在他们身上停留，那般瑰丽。像施洗约翰的被断头台削切的脖子，那般纯白。那蕾丝的褶皱，那白色的手套和黄色的短裤。那穗状花序的花束。那颂歌。先于革命豪奢的最后晚餐的，那易逝的午餐。那金黄色

---

① 安德烈·布勒东（André Breton，1896—1966），法国作家，诗人，超现实主义运动的联合发起人。主要作品有《超现实主义宣言》《娜嘉》等。
② 朱利安·格拉克（Julien Gracq，1910—2007），法国小说家、诗人、剧作家、评论家，受到德国浪漫主义以及法国超现实主义影响。主要作品有《沙岸风云》《林中阳台》等。下文出自其诗集《巨大的自由》（*Liberté grande*），根据涩泽龙彦的译文并参考法语原文译出。
③ 雅克·鲁（Jacques Roux，1752—1794），法国大革命时期政治人物，天主教神职人员，忿激派（Enragés）领导人。

的发丝如熟透的麦穗。被死亡的梦想凭依的嘴唇，那柔软的弧线。如同断头台的刀刃上滴落的鲜血从未存在，闪烁的绿色如五月里七叶树的新叶，在晦暗繁茂的树荫里回响着让·雅克[1]甘美的呢喃。手执一束蔓长春花，那梦游者般的花花公子（布鲁梅尔[2]）们的死之牧歌。在舒展的裙摆上如花般凋谢，那贵族的处女们的失神。——想象中悬挂在枪尖的美杜莎的头颅那充满磁力的容貌里，无疑充溢着人类的夜晚里种种富有魅力的美。——那超人的纯洁。那苦行。让所有女人面色苍白的、被斩断的花的，那野性美。——六月的一夜，如在田野间燃烧的林荫道的幕布，如响彻街角的电闪雷鸣，在影子飞快掠过时，不可思议地为我落下的，燃烧的言语。这是命定成为断头台牺牲者的人们那难忘的面容，在混杂着恐怖的恍惚当中，在我的眼底显现。

---

[1] 指让-雅克·卢梭。
[2] 布鲁梅尔（Beau Brummell，1778—1840），英国摄政时期重要人物，男性时尚的权威人士，被后世视为花花公子的典型。

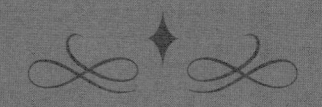

颓废少年皇帝——三世纪罗马

...fanda ante alios Venere Heliogabbalus omnes
sacros meretricum piéé prophanat
Musis pulsis, mulier... togatam
...m. nutum ...memique

风味浓厚的料理和极端的肉食飨宴使我们吐意上涌，同一时间诱发了反抗与恐惧两种情感。这与我们直面颓废①的场面时相同。萨特在《让·热内论》里命名为"消费社会"的时期，蕴蓄着我们亟需应对的意义最为沉重的颓废。尽管一般文学史家及诠释学派存在偏见，但我想颓废分为伟大的颓废与卑小的颓废两种。为飨宴的餐桌搬运银质骸骨（佩特罗尼乌斯《萨蒂利孔》②）的恶俗品味，无论好坏，都是属于试图在生死交错瞬间的悖论中生存下来

---

① 颓废（décadence），狭义上指法国十九世纪末以波德莱尔为先驱，魏尔伦、兰波为代表的颓废、病态、虚无的文艺倾向，广义上指倦怠而出世的生活态度。
② 佩特罗尼乌斯（Petronius，约27—66），罗马帝国朝臣、抒情诗人、小说家，生活在罗马皇帝尼禄统治时期。《萨蒂利孔》（*Satyricon*）是佩特罗尼乌斯描绘尼禄时期古罗马堕落生活的长篇讽刺小说，成书于公元65年前后。

的时代精英们的被危机意识所支配的、健康而有力的、伟大的颓废。对于他们而言，消费的极致并非享受财富，而是破坏财富，奇妙的是这种行为还为他们所处社会的毁灭做出了贡献。而十九世纪末的审美家们在居斯塔夫·莫罗的《斯芬克斯》里寄托失去的拜占庭之梦，静止而冰冷的趣味显然已属于卑小的颓废，不得不说已经大幅偏离了我们所关心的范围。

起初，一个共通的中心点，无关乎时代与风土，将大小两个颓废如同心圆般串联。福楼拜和戈蒂埃心怀敬仰渴慕之念谈论罗马，化政①的文学家爱惜和眷恋王朝时代②，我们在这诸多事例中不难得到佐证。尽管如此，卑小的颓废是只有少数追慕过去主义者或某些附庸风雅之士心驰神往的一个灰尘弥漫的忧郁画廊，留在历史中的唯有属于已逝时代的追忆的绘画。与此相反，从伟大的颓废里，在艺术和宗教的探求中接受难忘的深刻印象时，精神时时陷于奇怪的混沌中，为再生做出准备。人性如沐浴在炫目艳阳里的树木般成长，恢复昔日的活力……

---

① 化政，指江户时代后期的化政时代（1804—1830），日本年号中的文化、文政合称化政。其时町人文化发达，浮世绘、滑稽本、歌舞伎、川柳等都迎来全盛期。与江户时代前期流行的元禄文化相比，化政文化更为短暂和颓废。
② 王朝时代，指奈良时代与平安时代。与镰仓至江户时代的武家政权相对，天皇掌权，即朝廷掌握政治实权的时代，为王朝时代。在文化史上则特指平安时代的国风文化，即以藤原氏为中心的贵族文化。

然而，我们如今生活的时代远未达到伟大的"消费社会"。我们的生产社会没有生产出有效事物的愿景，在暧昧的过渡期里，遵循科学精神的疯狂实验是否将招致世界灭亡，人类仿佛只为知晓这一件事而存活。而就连世界灭亡也无法确信的异化意识，在今日如锶的微粒子般弥漫在两个半球。在贫瘠的生产社会里，异化的劳动的价值取代消费价值成为至上。保守主义拥趸或是进步派分子皆笃信劳动的价值，实在令人感到诧异。依萨特所言："凋落衰败、岌岌可危的压迫阶级混淆了古老神话与新的神话，承认劳动是确立所有权的基础。"而哲学家马克思却从未将劳动的价值视作神圣。因为除非我们住在"自由的王国"里，否则劳动才是所有权的基础。（这样的二律背反可否参透？）

如今我们所处的世界那悲惨的颓废，与雅典、罗马和拜占庭的颓废均不相同，更无法与赫利奥加巴卢斯[①]统治下腾空而起的巨大而虚无的花火相媲美。在前所未有的豪奢、对财富的夸示、淫荡、耀眼的颓废和令人深信不疑的恶德之中，偶像崇拜（paganisme）蒙受一神教的冲击时，这位十八岁时就溘然长逝的年轻皇帝正君临世界。

[①] 赫利奥加巴卢斯（Heliogabalus，约203—222），又称埃拉伽巴路斯（Elagabalus），罗马帝国塞维鲁王朝皇帝（218—222年在位）。涩泽龙彦初期小说《阳物神谭》（1958年）便是以他为主人公。

那时，对自己心满意足的俗物们在如犬般懒惰与迎合的生活中，为博得不分伯仲的凡庸之辈的赞赏而汲汲营营。人们已开始笃信自己是天才，领悟到流动不止的精神本身毫无裨益的运动。与今日相似，假借哲学之名的常识繁荣兴盛，卫生无害的辩证法蓬勃发展，低俗的好色文学在鼓掌喝彩中备受欢迎。低劣、病态和生理的事物，一言以蔽之，那些让人类跌入动物水准的事物，都被接受和喜爱。然而即便侮辱、淫猥和无秩序，与我们这个世纪的贫乏的破坏与趋于白痴化的系统相比，也有无法同日而语的规模。竞技场上的杀戮与流血牺牲，都轻而易举地凌驾于近代生活孕育的一切人工的绝望的快乐。

在今日，有迷信宣称科学之外已无任何事物存在，更多人因为恐惧科学的进步会致使地球灭亡，认为接受这一世界观变更与悬置判断才是良心的态度。在赫利奥加巴卢斯的时代里，一切都被更为伪善地贯彻。事实上同样的不安覆盖了整个世界。那时人们的灵魂谋求的是一个神圣而唯一的事物。金钱外流缓慢蚕食着社会的基盘，诡辩哲学作为权威招摇过市，在众多宗教相争的三世纪伊始，登上帝位的同时便被弑君篡位的少年皇帝的短暂出现被认为是命运所期盼的、历史中短暂的休止。这与后来诨名为"背教者"的尤利安[①]在公元363年，面对完全向基督教屈服的世界做出的中断历史潮流的徒劳尝试相似。然而选择去接受包含哲学上的审美主义和怀疑主义的希腊化风格的学说，在尤利安的时代未免太迟了。赫利奥加巴卢斯的时代在约一个世纪之前。那么，如果方法更为慎重，他可以成功让埃米萨[②]之神的礼拜蔓延于整个古代世界吗？面对基督教与东方的宗教，伊西斯[③]与密特拉[④]的诸神，他能够大获全胜吗？……赫利奥加巴卢斯的治世虽未满四年，却因其短暂而充溢着被压缩成白热光辉的力量，令我们不禁陷入对如上假说的想象。使他的野心遭受挫折的是他的年轻、他对魔法奇妙的热衷、他偏爱神秘的敏感气质，这一切都足够令他急欲毁灭的痉挛生涯臻于完美。

被神秘的法悦与性倒错交融的古怪兴奋驱使的十八岁的皇帝，令二百年来厌倦了罪恶与淫荡的古典世界为之惊诧。崇拜尼禄，模仿尼禄的暴虐无道，这位背德少年的梦魇般的恶作剧令罗马全境陷入茫然自失。总之他的残酷远

[①] 尤利安（Julian，331—363），罗马帝国君士坦丁王朝皇帝（361—363年在位）。他师承于新柏拉图主义，崇信神秘仪典，支持宗教自由，反对将基督信仰视为国教，因此被罗马教会称为"背教者尤利安"。他在位期间努力推动多项行政改革，是罗马帝国最后一位信仰多神教的皇帝。
[②] 埃米萨（Emesa），今叙利亚西部城市霍姆斯（Homs）的古名。
[③] 伊西斯（Isis），古埃及宗教信仰中的丰饶女神，其崇拜遍布古希腊—罗马世界。
[④] 密特拉（Mitra），属于印度-伊朗宗教系统的神。大约一世纪至四世纪，其信仰盛行于罗马帝国境内。

远超越被他视作榜样的尼禄。因为他过激的宗教感情已成为种种罪恶的借口和正当化的辩解。他的恶行与错乱属于畏惧惩罚的孩子，他无疑事先通晓一切，才像燃烧殆尽的火焰，在煊赫而短暂的人生中匆匆享乐。

他是天才吗？似乎也可以这样讲。他曾经立志在官能的巴力①宗教里，确立那时人们的灵魂在无意识中希求的圣之统一。但他没有力量与余裕将其实现也是事实。他过于尊崇自己的神的男性原理，而把自己视为被动的、软弱的、女性般的存在。他远大的梦想不得不在精壮的马夫与异国的战士等无穷无尽的爱人的臂弯里烟消雾散。他唯一的崇拜对象——圆锥形的"黑石"，也随着他的溃败一同被放逐到异域。

他将海伦的美与阿多尼斯的优雅结合，渴望成为雌雄同体者。但他做一切事都粗拙愚笨。他未能在铺着豹皮的马赛克镶嵌的地面上寿终正寝，而是惨死于茅厕深处。

皇帝赫利奥加巴卢斯死后，世界发生了怎样的改变？这位全面沉溺于男性神的慵懒羸弱的皇帝的最后时日，或许是献给古代母权制度最后一次飞跃的活祭。无论如何，在那时腐败的异教的泥淖下方，如强韧的百合般骄傲的

---

① 巴力（Baal），又译巴耳、巴拉，是古代叙利亚和巴勒斯坦地区的神，在闪米特语中意为"主人"，最初是雨神、风暴神和战争之神，也是代表谷物的死亡和复活的神。

基督教正逐步稳固它的地位,势必将世界从危机中拯救出来。

*

首先需要飞快地一瞥当时的历史状况。

约一世纪时,安敦宁王朝①的善政下罗马帝国长治久安,但康茂德②的残忍与疯癫令和平局势岌岌可危,那刚好是公元190年前后。图拉真、哈德良、安敦宁·毕尤、马可·奥勒留等代代相传的安敦宁荣光家系在此毁于一旦,在塞普蒂米乌斯·塞维鲁③加冕的同时,三世纪富有代表性的军人独裁统治在罗马确立。赫利奥加巴卢斯鲁莽的尝试在此也可以视作对军人独裁制的反抗。他死后,军部只拥护顺从的皇帝。被让渡给亲卫队和少数亲信的帝国在三世纪后无可避免地陷入无政府状态。

塞维鲁家的治世特征,是出身叙利亚、被称为女皇（Augusta）的公主们的华丽的政治干预。塞维鲁的妻子尤

---

① 安敦宁王朝（96—192）,又称涅尔瓦-安敦宁王朝（Nerva-Antonine dynasty）,共有六位君主。先后为涅尔瓦、图拉真、哈德良、安敦宁、奥勒留和康茂德。
② 康茂德（Commodus,161—192）,公元二世纪末的罗马帝国皇帝（180—192年在位）。
③ 塞普蒂米乌斯·塞维鲁（Septimius Severus,145或146—211）,罗马皇帝（193—211年在位）,塞维鲁王朝的缔造者。

利亚·多姆娜（Julia Domna）在丈夫死后，辅佐昏庸无能的儿子卡拉卡拉[1]，多姆娜的妹妹尤利亚·玛伊莎（Julia Maesa）和女儿索艾米亚斯[2]使用计谋让赫利奥加巴卢斯登上帝位。但这位被宗教狂热附体的少年厌恶分享权力，妄图斩断母亲和姨母的束缚，然而他的命运正如我们所见，他很快被她们中的最后一人——尤利亚·玛麦亚[3]残酷地斩草除根。

从一方面看来，致使罗马帝国疯狂与弱化的真正责任无疑由叙利亚的公主们承担。塞维鲁的遗孀尤利亚·多姆娜，是埃米萨巴力神的大祭司尤利乌斯·巴西安努斯（Julius Bassianus）之女。从夸耀数千年文明的东方叙利亚出嫁成为帝国外戚的她们，对帝国的信仰和风俗发挥着决定性作用。并且是不祥而黑暗的作用。东方官能的迷信、魔法的信仰与她们一起，步履如鸽子般逸乐地陆续入

---

[1] 卡拉卡拉（Caracalla，188—217），本名卢修斯·塞普蒂米乌斯·巴西安努斯（Lucius Septimius Bassianus），塞普蒂米乌斯·塞维鲁的长子，罗马皇帝（198—217），198—211年与其父共同统治，而后独自统治。其统治导致了帝国的衰败，经常被认为是罗马历史上最嗜血的暴君之一。
[2] 索艾米亚斯（Julia Soaemias，180—222），赫利奥加巴卢斯的母亲。她与母亲共同指导年轻的皇帝赫利奥加巴卢斯，最终和皇帝一同被禁卫军杀死。
[3] 尤利亚·玛麦亚（Julia Avita Mamaea，180—235），索艾米亚斯的妹妹，罗马皇帝亚历山大·塞维鲁（Severus Alexander）的母亲。

侵宫廷。巴力、阿斯塔蒂①、阿多尼斯、库柏勒②……关于这些异教的偶像和祭司，我想参照弗雷泽的《金枝》。

赫利奥加巴卢斯之名是后世的正字法，正确的发音应该是 Elagabalus（埃拉伽巴路斯）——意味着他渴望与之同化的埃米萨的太阳神巴力的称谓。如同卡利古拉③、卡拉卡拉之名都来自他们的服饰特征，这也是一种诨名和俗称。他的本名是瓦瑞乌斯·阿维图斯·巴西安努斯（Varius Avitus Bassianus）。

埃米萨城（现在的霍姆斯）位于丰饶的平原上，自古以来与埃及、大马士革和巴勒斯坦交流，具有特有的文化与宗教立场。公元前1300年前后，拉美西斯二世④与赫梯⑤作战取得胜利，就发生在离这里不远的地方。从那时

---

① 阿斯塔蒂（·Astarte），古代闪米特族信奉的丰饶多产的女神，对应东地中海世界的女神阿耳忒弥斯、阿佛洛狄忒和维纳斯。
② 库柏勒（Cybele），公元前五世纪以前，在小亚细亚地区受到尊崇的女神，是山峦、森林和野兽的守护神，也被认为是众神的母亲。
③ 卡利古拉（Caligula，12—41），本名盖乌斯·尤利乌斯·凯撒·奥古斯都·日耳曼尼库斯（Gaius Julius Caesar Augustus Germanicus），罗马帝国第三任皇帝（37—41年在位），早期暴君。卡利古拉是他自童年起的外号，源自拉丁语 *caliga*，意为"小军靴"，源于他婴儿时代随其父日耳曼尼库斯屯驻日耳曼前线穿的儿童款军靴。后面提到的"卡拉卡拉"得名于这位皇帝经常穿的一种高卢连帽外套。
④ 拉美西斯二世（RamessesⅡ，约前1303—前1213），是古埃及第十九王朝的第三位法老（约前1279—约前1213年在位），法老塞提一世（SetiⅠ）之子，其名在古埃及语中意为"拉神之子"。
⑤ 赫梯（Hittites），一个位于安纳托利亚的亚洲古国，公元前二十世纪兴起于小亚细亚这一古老的文明地区。

以来，以城市的守护神"黑石"即巴力神的阳物为中心，诸国的财富自发聚集在这一地域。从面向黎巴嫩山脉的丘陵上兴建的巴力寺院，可以俯瞰远近闻名的奥龙特斯河。含着玫瑰香气的凉风冷却了祭祀飨宴散发着血腥味的热气，在往日连提比略都无法禁止这样的飨宴。从叙利亚传来的宇宙起源论（Cosmogony）也尤为特殊。它是男性原理与女性原理紧密交织缠绕的不可思议的一元论辩证法。太阳被认为是夜晚的星星们的父亲，同时也是星星之子。生命之源泉的阳光与沐浴着月光使土地肥沃的夜露，二者都是崇拜的对象。不可思议的是，带来财富的创造与生殖之神同时也是残酷嗜血的邪神。世界似乎由好战的男性神巴力与逸乐的女性神阿斯塔蒂这两种引力推动运转。但残酷的破坏性原理通常压制着爱好和平的女性原理。

埃米萨唯一的太阳神巴力同时也是命运之神。他的象征物是雷电与鹰。这是塞琉古王朝[①]时将希腊的宙斯与巴力视为同一人物后产生的混淆。但埃米萨崇拜一块从天而降的神圣的陨石，将那块圆锥形的黑石视为神体。迦太基地区曾经尊崇镶嵌宝石的象牙阳物像，巴力的黑石是基底浑圆、前端尖锐的洋葱形。

[①] 塞琉古王朝（前312—前63），是以叙利亚为中心，涵盖伊朗和美索不达米亚在内（初期还包括印度的一部分）的希腊化国家，由亚历山大大帝部将马其顿将军塞琉古一世（Seleucus I）创建。

深受巴比伦影响的埃米萨神职人员们笃信占星术和释梦。塞维鲁家族的繁荣被占星术所预示。那时年幼的巴西安努斯（后来的赫利奥加巴卢斯）十四岁，继承了母亲一方的外曾祖父的职位，披上金光璀璨的大祭司服享尽荣誉并没有什么出奇。享有荣誉的神职人员的地位，在野心勃勃的外祖母尤利亚·玛伊莎看来，与至高皇权之间有最短距离。

在太阳神崇拜的教义的秘密部分中被察觉到的，是对人类鲜血的无可疗愈的饥渴，这种倾向同样存在于孕育了令人恐惧的摩洛克[①]牺牲的闪米特人的宗教中。遵从闪族人的风俗习惯，赫利奥加巴卢斯也一定在某个寺院深处的神殿里，参列于在石榴木上成串炙烤人肉牺牲的祭祀活动。或许他也在某个地下墓窖里，亲眼目睹太阳神喜爱的钉死在刑柱上的处刑和鞭打。被仪式纯化的人类的血液与动物的血浆比任何事物都更令地狱的暗黑之神厄瑞玻斯[②]愉悦。狄俄尼索斯的祭祀里相信牺牲者的血里会生长出石榴树。石榴的果实在太阳神崇拜里也是阳物的象征。据叙

[①] 摩洛克（Moloch），也译为摩洛，迦南地区神祇。希伯来圣经中记载了摩洛克与儿童祭祀有关的习俗。
[②] 厄瑞玻斯（Erebus），在希腊神话中是黑暗的化身，卡俄斯的儿子。他也是地下世界、幽冥界的神格化，是死者最先经过的地方。其子埃忒耳是光明之神。

利亚的护教士优西比乌[①]称,在异端的祭祀仪式上,人们一片一片活剥下牺牲者的肉。狄俄尼索斯又名 Omadios,意为撕裂生肉者,也与巴力的祭祀相称。……在血与生殖液呛人的雾气和病态的气氛里,未来的皇帝巴西安努斯度过了他的幼年时代。年少的他比任何人都更沉醉于在圣殿升起的香烟和色情的强烈臭味。

渴望着逸乐与理想,恐怕他是在愉悦了诸神鼻孔的黎巴嫩杉树的芳香里度过了郁勃的少年时代吧。脸涂抹成朱红色,扎着金丝刺绣的腰带,松垮地披着长长的绯色大祭司服,这位少年祭司和着铜钹的声音摇摆身体,欢喜地跳着卑猥的阿提斯[②]的去势舞蹈。他跳舞时,颈部、手脚、肢体的全部都随之律动。宝石摇晃闪烁,令人目眩神迷,在那里他似乎窥见了自己邪恶与倒错的美。据希罗狄安[③]的《罗马史》描述:"……鞋履尽是金色与绯红色,从脚踝紧紧包裹至腰间。头上的王冠坠饰着各色闪耀的宝石。他

[①] 优西比乌(Eusebius,约263—339),是巴勒斯坦地区的凯撒利亚的教会监督或主教、基督教史学家、解经家、辩论家,被认为是古代晚期最有学问的基督徒之一。他在《教会史》(*Ecclesiastical History*)中对基督教最初几个世纪的描述是基督教史学中的一个里程碑,他也因而被认为是"教会史之父"。
[②] 阿提斯(Attis),弗里吉亚宗教的男性主神,植物与农业之神、死与再生之神。大母神赛比利的配偶或情仆,形象为年轻俊秀而柔和的美男子,常裸露下体。在神话中为侍奉赛比利而自阉,成为其大祭司。
[③] 希罗狄安(Herodian,约170—约240),叙利亚历史学家。曾使用希腊语撰写自马可·奥勒留到戈尔迪安三世即位的罗马皇帝史。

正在润泽娇艳的青春之时，在同辈的少年当中也是最俊美的一位。肉体之完全，年轻之艳美，衣裳之豪奢，一切都聚集于他一身。他的俊美面容可与巴克科斯[①]相媲美。"

与在神的约柜前裸露身体和婢女们一起跳舞的大卫王[②]不同，年少的他绝不赤身裸体，散乱的宝石反射光里的罕见的匀称肉体，强有力地暗示了他身体的所有部位的形状。叙利亚的叛军为此头晕目眩也在所难免。"他的衣着介于腓尼基的祭司服与米底[③]的豪华服饰之间，"希罗狄安写道，"希腊和罗马的服饰多为羊毛制品，粗糙的质感不符合他的嗜好。他只心仪叙利亚的纺织品。"

从叙利亚出发，到达罗马帝国的首都，大约是在公元219年的夏末。新皇帝在这里举行了值得永世记忆的入城仪式。和着叉铃和长笛的演奏，身着镶金刺绣衣裳的皇帝始终用充满爱意的目光注视着安置在车内的神圣黑石，徐徐后退。一群裸女和豹拖曳着车上的黑石前进，皇帝手执缰绳，腕上沉重的手镯不时发出野蛮的声响。沿途挥洒着金泥，戴着高高的弗里吉亚式三角帽的库柏勒祭司与宦官围绕在车身近旁。就这样一行人在静谧里抵达了帕拉蒂尼山。

---

① 巴克科斯（Bacchus），罗马神话中的酒神和植物神，相当于希腊神话中的狄俄尼索斯。
② 大卫王（活跃于前1000年），以色列王国的第二任国王。大卫迎约柜的事迹，见和合本《旧约·撒母耳记下》第6章。
③ 米底（Media），位于伊朗西北部的古国，建立于约公元前七世纪。

*

观察卡比托利欧博物馆里收藏的赫利奥加巴卢斯半身像，我们会首先惊讶于他无可言喻的柔弱。肉感而松弛的嘴唇和宽阔的鼻翼，将放肆、倦怠和懒惰的特征彰显得淋漓尽致。狭窄的额头与厄洛斯[①]的头部相似，被弦乐器的琴弦一般厚重的卷发密密地包围着。表情甚至是沉郁而悲伤的。那暗淡的双眼，是无休止地将视线投向内部的神秘家的眼。从照片上来看，会忍不住忖度这尊大理石是否流淌着东方的逸乐血液。比起希腊罗马的青年（Ephebos），他更接近巴比伦的雌雄同体者。若探讨他是否美丽，他毫无疑问是美的，但不得不承认的是在他身上有超乎美学的惯常规范的异常而特殊之处。

然而，赫利奥加巴卢斯从这女性化的体质中汲取了全部奇怪的魅力。青色的血管如叶脉般匍行的半透明的皮肤，已无法遮掩住呼之欲出的官能性。在这里想起尤维纳利斯[②]的诗句是否唐突呢——

[①] 厄洛斯（Eros），希腊神话中的爱神。在古典时期其形象是健壮的美男子，被认为是男同性恋的守护神。从希腊化时代开始，其形象转变为小孩或少年。
[②] 尤维纳利斯（Juvenal，55—约127）），古罗马讽刺诗人，活跃于公元一世纪晚期至二世纪早期。

Rara est adeo concordia formae Atque pudicitiae.
（美貌与贞洁难以两全。）

是他从幼年起荒淫无度的逸乐生活和闪族人特有的脂肪过多的饮食习惯招致了他体质的变化吗？我们现在无法追踪其病理学发展的变化行迹。但脂肪过多的症状显然是缓慢的女性化的迹象。将这种女性化视作致使他自身破灭乃至罗马帝国破灭的深层原因，是否过虑了呢？因为罗马文明的女性化，正是致使男性式、族长式世界恒久疲敝的最大原因。

女性化不单是体质上的问题，也成为他的人格的支配性特质。在这位人物身上，我们不得不承认被动性格的累积也对肉体产生了影响。他或许在用他被圣化的肉体实施鸡奸。与此同时，他恐怕对这项行为是自然的行为确信无疑。人们将他与亚述最后的王萨达那帕拉相比也并非毫无依据。"在淫荡与怠惰方面，萨达那帕拉凌驾于他的全部先人。"西西里的狄奥多罗斯[①]这样写道，"他不仅回避了旁人的目光，还干脆过起了女人的生活。他在妻妾的簇拥下消磨时间，穿着女性的衣装，面部涂着铅白，全身涂满娼妓用的化妆品。更甚于此，他还苦心于发出女性的音

---

① 西西里的狄奥多罗斯（Diodorus Siculus），生活于公元前一世纪的古希腊历史学家。

色，不仅享受着珍馐美馔的快乐，也恬不知耻地要同时享受男女两性的快乐。"

赫利奥加巴卢斯与这位古代的君主相同，无疑相信兼具性之否定和两性之绝对化的赫马佛洛狄忒斯①的肉体里，寄寓着至高无上的快乐。性奴役与快乐中的受虐式苦痛趋同，于他而言是最为魅惑的事物。在他人身上寻找在自己的资质里欠缺的男性性格，是他最大的期望。被男性原理附体的他盛赞可以唤作 Onon（有巨大男根者）的人，差遣密探热心搜寻他们。在赫利奥加巴卢斯那里没有浪漫主义的天使崇拜和对灵魂的省察，在让·热内②看来，他对爱的追求显然是可感知的、物质的，同时又是神秘的。"我们的家族，我们的家庭戒律与你们的家庭不同。我们无爱地相爱。那是因为爱没有圣礼的性格。"

贫民窟和港口城市的卖淫窟是这位皇帝热衷于涉足的场所。他使用往日里因麦瑟琳娜③和普罗蒂娜（Plotina，图拉真皇帝的皇后）而一时风靡的人工假发装扮自己，亲

---

① 赫马佛洛狄忒斯（Hermaphroditus），希腊神话中赫耳墨斯和阿佛洛狄忒之子，其名字是父母名字的合称，也是 hermaphrodite（雌雄同体）的语源。赫马佛洛狄忒斯通常以带有男性生殖器的少女形象出现。
② 让·热内（Jean Genet，1910—1986），法国当代小说家、剧作家、诗人、评论家、社会活动家。涩泽龙彦翻译了热内的长篇小说《布雷斯特之争》(Querelle de Brest)。
③ 麦瑟琳娜（Messalina，17 或 20—48），罗马皇帝克劳狄一世的皇后，也是其第三任妻子。

自扮演娼妓的角色。他沉湎于怎样的丑恶行径呢？如奥雷柳斯·维克托[1]所言："阿维图斯既是女人也是男人。他用极为淫猥的方式被二者所爱。"虽说如此，但他并非凯撒大帝，不是所有女人的丈夫，也不是所有男人的妻子。他偏爱的是被动的地位。他拔下胡须，眼角晕满阴影，脸颊扑上铅白，玩弄种种不自然的技巧。他拿起棒针代替权杖，每天的工作是纺羊毛线。就像萨德侯爵令下仆称自己为"la fleur"（花），他也通晓让别人将自己唤作"皇后"和"夫人"的倒错者的快乐。

麦瑟琳娜使帝王的寝室充满卖淫窟的野兽臭味，赫利奥加巴卢斯在王宫里另设一个特别的房间，在那里赤身裸体模仿老练娼妇的姿态，要求旁人为他的魅力支付报酬。他亦会向卷入他放荡生活的人们炫耀他被支付的金额。……这般想成为女性的倾向——哪怕只是一个瞬间——依存于他渴望被爱的炽烈欲望。爱的被动性这一倾向表现为变装欲，我们还可以在十八世纪的奇人德舒瓦西神甫[2]质朴的告白里再次确认这一点。

"我研究这种奇怪的快乐来自哪里，成果如下。神的

---

[1] 奥雷柳斯·维克托（Aurelius Victor，约320—约390），北非出身的罗马元老院议员、历史学家。公元389年担任罗马的城市行政官。
[2] 即弗朗索瓦-蒂莫莱翁·德舒瓦西（François-Timoléon de Choisy，1644—1724），法国变装者、神职人员、作家，著有大量教会历史著作、回忆录、游记等。

特性是被爱和被崇拜。人类因其弱小也热切渴望同样的事物。然而诱发爱的是美,美通常是女人的特权,于是男人在相信他具备任何美的特质时,便理所当然地要努力通过女人的服装来提升他的美。"(《回想录》——这位作者也是一生穿着女装的男人)

赫利奥加巴卢斯的欲望远远超乎变装欲的程度。"受虐"这一概念被十九世纪德国抒情散文家创造出以前,他就早已通过推进爱欲的女性化、被动化抵达了这一概念。他的宗教式的情色通往前一个时代因尼禄而风靡一时的去势研究。在中世纪意大利,去势服务于保持美与青春等实际目的,不是广为人知吗?优雅的审判官[①]佩特罗尼乌斯如是吟咏——

> 为延续那过于短暂的春花
> 我看见翩然迈入青春的少年们
> 用刀刃从侧腹剜下生命的种子[②]
> (《萨蒂利孔》)

[①] Elegantiae arbiter,意为趣味的权威者。
[②] 出自《萨蒂利孔》第 119 小节。但此处的引用与佩特罗尼乌斯的原文有很大出入,疑直接引自稻垣足穗的文章《A 感觉的抽象化》(最初刊登于杂志《作家》1958 年 4 月号)。

库柏勒信徒有去除自己的男性器官的嗜好，赫利奥加巴卢斯自身却并非如此。（但这是狄奥·卡西乌斯[1]的意见。奥雷柳斯·维克托和朗普里狄斯[2]则断言他把男性器官献给了大地之母。）他召来亚历山大里亚的医生为自己做了某种切开手术，在下腹部切出女阴几乎是毋庸置疑的。据称那时亚历山大里亚的医疗技术在这一方面实现了超乎想象的发展。颓废孕育了怪物文明。我们不是不久前才通过最新资料得知，在印加文明中头盖骨穿孔手术惊人的发展吗？对于知晓他为施行阳物崇拜所倾注的热情的我们来说，这个假说并没有什么骇人听闻之处。与任何其他身份相比，赫利奥加巴卢斯首先是一位巴力神的祭司。他在去势行为里寻找到追随全能的男性原理的方法，渴望自己化身为女性并将被动性推至受虐的领域，想来也不过是向男性神谄媚逢迎的一个完备的步骤。

一般情况下去势（以及作为其象征替代物的割礼）被认为与受虐对立。但受虐中对损毁身体的欲望也可以解释

---

[1] 狄奥·卡西乌斯（Dio Cassius, 150—235），也称卡西乌斯·狄奥，古罗马政治家与历史学家。著有八十卷本《罗马史》(*Historia Romana*)，涵盖从公元前八世纪中期罗马王政时代到公元三世纪早期罗马帝国，为珍贵史料。
[2] 朗普里狄斯（Aelius Lampridius，生卒年不详），古罗马史学家，撰写《罗马帝王纪》(*Historia Augusta*)的六位历史学家之一。

为一种消解持续不安的手段。克拉夫特-埃宾[1]将受虐定义为"女性要素的病理学增大"或"某种女性特征的病态强化",这与赫利奥加巴卢斯的情况刚好吻合。奇妙的受苦欲望驱使他进行一种体罚研究,即关于将体罚上升为伴有性兴奋的后天性反射运动的研究。就像萨德巧妙的说法,纤细才是快乐的第一原理。他不乏被自己唤作"丈夫"的男性,还故意让丈夫目睹自己的"通奸"现场,对来自丈夫的严酷体罚甘之如饴。心爱的奴隶希洛克勒斯(Hierocles)蛮横粗野的手和罕有的美丽金发,魅惑得他不能自已。鄙俗的谩骂和粗暴的殴打越激烈,他也就越爱这位奴隶。狄奥曾为此做出证言。作为相似的受虐形式,我们可以回忆起热内对背叛的偏爱。

就像这样不仅是性满足,他还通晓将与受虐的精神性格相通的知性快乐引入其中,随即研究起被快乐引导的死亡与美学的自杀。因为某种对灭亡的爱[2],皇帝赫利奥加巴卢斯与西班牙的哈布斯堡家族[3]有相通之处。正如于

---

[1] 克拉夫特-埃宾(Richard von Krafft-Ebing, 1840—1902),德裔奥地利精神病学家,性学研究的创始人之一。1886年出版《性的精神病理》(*Psychopathia Sexualis*),他用萨德与奥地利作家马索克的名字演化出施虐倾向(sadism)和受虐倾向(masochism)用语,因此而闻名。
[2] 对灭亡的爱(Thanatophilia),指对可以联想起死亡的事物产生性欲的一种性癖。
[3] 哈布斯堡(Habsburg)家族,十五至二十世纪欧洲主要王室家族之一,1440—1740年、1765—1806年,神圣罗马帝国皇帝均出自这一家族。

斯曼的《逆流》中，主人公的家系里因近亲交媾而玷污的血液与想象力的颓废使施虐与受虐之间的置换变得通融无碍，他毫无理由地杀害对自己而言如同养父的宦官甘尼斯（Gannys），仅仅是出于上述的病理学神经过敏发作。从舞台装置翻转后的天顶上撒下无数鲜花落在陪食者们的头顶，令他们在香气里窒息而死，这种残忍是何等绚烂的施虐欲。

> 从如今洞开的天顶上，蔷薇一片、又一片地飘落！春天，泛滥的春天，啊，啊，不幸的春天！惹人目眩的庭院正在飘落！
>
> （德奥达·德·塞弗拉克①《戏剧集》）

在圆形剧场最高处的座位上，他一边饮食一边观赏犯人处刑。他还在某个寺院里饲养狮子、狒狒和蛇，把从犯人身上切下的阳物丢给动物们。关于他高贵优雅的施虐方法，朗普里狄斯在《罗马帝王纪》里做出如下报告——"埃拉伽巴路斯在挑选作为牺牲品的孩子，却选择了双亲健在、门第高贵、相貌可人的孩子。这是为了让孩子的死能给尽可能更多的人带去痛苦。在众多魔法师的簇拥下的

---

① 德奥达·德·塞弗拉克（Déodat de Séverac，1872—1921），法国作曲家。创作有三幕抒情悲剧《赫利奥加巴卢斯》（*Héliogabale*）。

皇帝激励他们更好地完成工作。在他们中间寻觅到同好之士时，皇帝感恩神明。为了获取孩子的内脏，他遵循故国的习惯探入牺牲者的腹部。"（调查被牺牲的动物的内脏是一种传统的判断吉凶的手段。）

对于自己所做的一切，皇帝都视作理所当然，没有任何迟疑逡巡。恶德与罪恶对他而言都具备一种神圣的性格，也因此理所当然地需求鲜血淋淋的献祭。他自己本身就是化作肉身的神，皇帝通过自己的肉身来显现他自己，或是让自己的肉身沐浴在人民无尽的崇拜里，除此之外绝无其他可能性。令人惊讶的是，在这位被性与信仰附体的人类的内部，竟寻觅不到任何对生的断念。拒绝生存之欢喜的北欧风格王者身上的那种虚弱无力与他无缘。不如说如地中海的苍穹般残酷的晴朗，甚至有时是猥琐、讥讽而富有生机，才是他与生俱来的精神特质。他轻信他人的意见，几乎出于本能地信赖他人。如此单纯而复杂的灵魂——借用诗人安托南·阿尔托①的词句——纯粹无垢的宽大与痉挛的残忍性保持着微妙的均衡。

赫利奥加巴卢斯身上具备精神异常者惯有的缺乏道德感觉与禁止观念的特征。他的同性恋性格因对异常与恐怖的嗜好、不知疲倦的求知欲和脱离常轨的冲动而异乎寻

---

① 安托南·阿尔托（Antonin Artaud，1896—1948），法国作家、诗人、剧作家、演员、戏剧导演。欧洲先锋派戏剧代表人物之一。

常。或许是与天才一纸之隔的倒错者的夸大妄想使他走进前无古人的领域——宗教与性的领域——在那里埋下探求知识的路标。他如十八世纪的萨德般憎恶中庸，也一定像吉尔·德·雷那样，曾呼喊过"胆敢如此行事的人地球上一个也没有！"如果革命（或许可以称之为反革命）没有为他的生命画上休止符，他无疑会因种种乱行而在壮年到来之前便迎来早衰，或是作为几乎毫无自觉的神经症的牺牲者，在早发性痴呆中成为废人。悲惨的死将他从悲惨的生中解救出来。

*

真正给赫利奥加巴卢斯的尝试赋予独创性的，是他将自己的神置于世上所有神的首位。为此他为自己冠上与神相同的名字，与神合为一体。从这层意义上来讲，他的尝试与后来奥勒利安[①]施行的太阳崇拜迥然不同。不如说他的做法酷似古埃及法老阿蒙霍特普四世[②]为复活唯一神阿

[①] 奥勒利安（Aurelian，214—约275），罗马帝国的皇帝（约270—约275年在位）。在他统治期间，罗马帝国收复了曾经失去的三分之二的疆域，将分裂50年的帝国再次统合，使罗马帝国在三世纪末至四世纪初恢复统一。
[②] 阿蒙霍特普四世（Amenhotep Ⅳ），又称阿肯那顿（Akhenaten），古埃及第十八王朝法老。他在埃及宗教中引入了阿吞神，并借此开展了一场崇拜唯一阿吞神的一神教宗教改革，这场改革过于激烈，以失败告终。

吞①所采取的破坏性的强硬手段。阿蒙霍特普之名与埃拉伽巴路斯相似,意为人格化的神"太阳的光辉"。但赫利奥加巴卢斯身为闪米特人,令全古代世界的诸神臣服于自己,并将自己提升到神的高度,也仍旧是一个特例。在叙利亚,除埃米萨的巴力神之外,还另有诸多更为有力也更具盛名的巴力神在各处飞扬跋扈。推罗、西顿、塞琉西亚与大马士革等地均有赫赫有名的巴力。但于赫利奥加巴卢斯而言,只有等同于他生命唯一原理的埃米萨的巴力才可以令全世界臣服。他不满足于被人种学限定的世界,他的神要求全世界的崇拜。作为诸多巴力当中的耶和华,他的神渴望卓尔不群。

罗马人对导入新神相对宽松。但这意味着安身于泛灵论式多神教的风土。倘若要指出赫利奥加巴卢斯的失策,那便是他想让初来乍到、相貌陌生的外国神作为唯一的神,剥夺其他诸神的位置。他认为宽厚的罗马人会一如既往地接纳一切。(如此浅虑!)

尽管如此,那时的罗马对于接纳强大的唯一宗教而言已时机成熟。诸神与寓言的增加只会为民众带来毫无益处的混乱,再度动摇道德基础。民众在暧昧不明里感受到某种严格而纯粹的事物的必要性,它并非伊西斯的神秘仪

---

① 阿吞(Aten),埃及神话里的太阳神。

式，亦不是库柏勒的淫猥，或魔法、占星学、媚药等的聚合物。斯多葛派哲学家们早已主张诸神并非唯一的德谬哥[①]之具现（emanation）。完全的一神教的统合亦因此可以满足初生的生机盎然的宗教感情。就这样，一神教慢慢成为社会大多数人青睐的主流思想。

　　统一的倾向在基督教以外的风土里也具备实现的可能。如磷火般微弱的灯明，在偏僻荒远的犹地亚诞生的基督徒的宗教，在腐朽病态的美丽的异教世界有机组织里蔓延扩张，并因其卓越的道德性最终将伊西斯和密特拉的祭祀统统驱逐。面对这段历史，我们会喟然长叹吗？赫利奥加巴卢斯的一神教的确合乎时宜，顺应时代的热烈期许。但它过于草率，性急又激烈。如同伊西斯已被视作维纳斯，阿胡拉·玛兹达[②]常被与巴耳（巴比伦地区对巴力神的称呼）混淆，这位巴力也深陷与密特拉混为一谈的危险。因为象征物同样是鹰，在赫利奥波利斯[③]地区，朱庇特与巴力之间也发生了混淆。总而言之，巴力的仪式里缺

[①] 德谬哥（Demiurge）是柏拉图在《蒂迈欧篇》中提出的概念，意为巨匠造物主。
[②] 阿胡拉·玛兹达（Ahura Mazda）的名称来自阿维斯陀语，是古波斯的神名，意思是"智慧的主"。公元前1200年前后，琐罗亚斯德将阿胡拉·玛兹达奉为"唯一真正的造物主"，因此后来成为琐罗亚斯德教的最高神。
[③] 赫利奥波利斯（Heliopolis），是古希腊人对古埃及城市昂的称呼，意为"太阳城"。

乏在基督教和伊西斯、密特拉教里常见的明确教规。没有任何基本的道德戒律。只有大祭司一人可以沉湎其中的神圣狂喜以及官能的狂热，对于世界变革来说未免过于虚弱无力。

传统悠久的国家的长官们，身着衣裾修长的腓尼基风丘尼卡，却不得不拍手迎合这个神圣的宗教，祭司们也不得不聆听吟咏宇宙之王的叙利亚语赞歌。他们一定提不起兴致。而抬着巴克科斯的阳物雕像在街道里游行的罗马民众对这个东方的祭祀仪式并非难以习惯。从小亚细亚传来的普里阿普斯[①]崇拜与狄俄尼索斯的祭祀仪式之间发生混淆，在社会各个阶层蔓延。然而，对于曾在奎里努斯山[②]上拥有一座神殿的利柏耳[③]/巴克科斯神的全新祭祀仪式，却因其极端的淫靡放荡而被迅速废止。据提图斯·李维[④]所言，仪式场面过于淫乱，公元前186年不得不在元老院的决议下明令禁止。此后风俗大幅进化，罗马帝国

[①] 普里阿普斯（Priapus），兰普萨科斯（Lampsacus）地方的神祇，在希腊神话中是生殖之神，他是酒神狄俄尼索斯（或说宙斯、赫耳墨斯）和阿佛洛狄忒之子，是家畜、园艺、果树、蜜蜂的保护神，也是肉欲与淫乐之神。他以拥有一个巨大、永久勃起的男性生殖器而闻名。
[②] 奎里努斯山（Collis Quirinalis），又译为奎利纳尔山，罗马城七丘中最高的一座，得名于罗马神祇基林努斯（Quirinus）。
[③] 利柏耳（Liber），意大利的酿酒之神，相当于希腊神话中的狄俄尼索斯。
[④] 提图斯·李维（Titus Livius，前59或前64—17），古罗马著名历史学家。代表作为《罗马史》（*Ab Urbe Condita*）。

统一体的国家意识高涨，苏埃托尼乌斯[①]所说的"十二皇帝"亲自扮演神的角色，使民众的双眼习惯其他施虐狂式乱行。赫利奥加巴卢斯自然也不排斥情色的放浪，但对于向自己的神起誓的臣下们的忠诚，却顽固得决不让步。关于他为了获取民众支持进行了怎样豪奢的挥霍，请听希罗狄安的证言："马车被装饰华美、金光璀璨的六匹高头白马拖曳着，皇帝亲自扬鞭策马。车上无人，似乎只有神在统御。皇帝面朝神明，手执缰绳，背向马车前进的方向后退。……民众挥舞着无数的火把，在路上扬撒花瓣，一路沿车两侧前行。抵达为此修建的高塔之后，皇帝面向民众抛掷金银器物和衣物布匹。拾到者可以据为己有。"——不难想象民众对这样奢侈的场景欢欣雀跃。但对于贵族阶级而言，情况就截然不同了。新帝的祭祀于他们而言是对罗马之名的不敬之罪。不仅如此，新帝为了进一步赞美他那野蛮的淫荡与飨宴之神，使用古来诸神的种种象征来装饰他的神。就这样，罗马人最为尊崇的维斯塔[②]圣火、女

[①] 苏埃托尼乌斯（Suetonius，约69—122之后），罗马帝国时期历史学家，他最重要的现存作品是从尤利乌斯·凯撒到图密善的十二位皇帝的传记《罗马十二帝王传》。
[②] 维斯塔（Vesta），罗马神话中炉灶和家庭的保护神。她被视作处女神，相当于希腊神话中的赫斯提亚。

神帕拉斯①的木像、神盾、库柏勒像和其他汇集了市民崇敬的种种圣器，都被挪到帕拉蒂尼山上的神殿。皇帝似乎还希望收集犹太教和基督教的圣器。如雷米·德·古尔蒙②的定义，赫利奥加巴卢斯是"犹太教叙利亚人"，"比起雅利安人式异教徒，他更接近一位基督教徒。他因对自然的敌意而颓废，如在太阳的炎热里枯竭的东方移居者，他也是一种独特的一神论者"。

虽说如此，他的东方官能主义使他无法将一神论强加于世界。暧昧的卡巴拉风哲学并非否定诸神的存在，而只是禁止来自诸神的一切支配，它比起教义更近乎美学的探求。欠缺逻辑上合理的精神，埃拉伽巴路斯首先是一位狂信者，借用阿尔托的词句，他是"头戴皇冠的破坏主义者（anarchists）"。

对他自身所信奉之神的爱令他魂不守舍，他仅是因为妻子尤利亚·科尔内利娅（Julia Cornelia）身上有痣就将她流放到国外。这位妻子是法学者保卢斯·科尔乃略③的

---

① 帕拉斯（Pallas）是河神特里同之女，也是雅典娜的同龄玩伴。在一次游戏中，由于宙斯的插手，雅典娜误杀了帕拉斯。出于悔恨，雅典娜改名为"帕拉斯·雅典娜"。
② 雷米·德·古尔蒙（Remy de Gourmont，1858—1915），法国象征主义诗人和小说家。在日本因诗人堀口大学（1892—1981）的《古尔蒙诗抄》而闻名。
③ 一般称作尤利乌斯·保卢斯（Julius Paulus），全名为 Julius Cornelius Paulus Prudentissimus，古罗马五大法学家之一。

女儿，结婚时三十岁，与丈夫之间的年龄差一目了然。皇帝也拥有 pontifex maximus，也就是法王资格，他享有出入男子禁入的处女神维斯塔的神殿的权限。根据朗普里狄斯用不快的口吻写下的文章，"被淫靡行径玷污的他竟故意粗暴行事，赤脚踏进那时只允许处女和大祭司入内的维斯塔的神殿。他想偷出女神帕拉斯的木像。他深信大祭司递给他的容器是真正的容器，将它带走，当他发觉容器里空无一物，便丢到地面摔得粉碎"。希罗狄安则称他偷走了真正的帕拉斯神像。无论事实如何，从这则流言里也不难想象罗马贵族会陷入怎样的恐怖与茫然自失。

在皇帝从维斯塔的圣殿里强夺处女尼僧阿吉莉亚·塞维拉（Aquilia Severa）时，舆论甚嚣尘上。但促使他犯下大罪的动机却并非倒错的肉欲，也不是单纯的破坏本能，不如说是宗教统一的欲望。我们通过狄奥·卡西乌斯的报告了解到他向元老院做出的宣言。"我执意要这样做，"他说，"是因为我期待从身为大祭司的我与身为处女尼僧的她之处诞生神圣的孩子。"令别人瞠目结舌的丑闻，对他而言却是独创而值得夸耀的圣洁神事。

*

无论后世的历史学家如何评价，赫利奥加巴卢斯受到民众喜爱却是事实。历代皇帝里没有人像他那般置身于民众如此之近。帕拉蒂尼山丘上的礼拜也允许庶民自由参加。对于贵族阶级的偏见和新兴富裕阶级的虚荣他则尽数无视。不如说来自非洲的他难以理解这样的偏见。据传某日他在收到元老院的祝贺时发出这样的怒吼:"以朱庇特之名,我明白民众就像诸君一样爱我。可亲卫队的诸君对我冷眼相待,实在令我忧心如焚。"(狄奥)——皇帝忘记了前任皇帝马克里努斯[1]的先例,未对军队采取怀柔政策,而是效仿初代建国者,热衷于博取大众的喜爱。完成卡拉卡拉浴场[2]、修缮在217年被烧毁的弗拉维圆形剧场[3]——他唯一的建设性事业也在佐证这一点。赫利奥加巴卢斯的破坏欲一言以蔽之,是与阶级制度破坏紧密相关的无意识的欲望。因此他率先礼拜巴力神,必然招致对此感到不称意的贵族阶级的反感。对罗马人而言如此重要的阶级观念、道德及民族的优越感,对少年祭司而言完全难以理解。他与生俱来的豪胆让他能够躺着向元老院议员问

---

[1] 马克里努斯(Macrinus,约164—218),罗马帝国的皇帝(217—218年在位)。
[2] 卡拉卡拉浴场是位于罗马的古罗马公共浴场,建于公元212年到216年卡拉卡拉统治罗马帝国期间,后由赫利奥加巴卢斯和亚历山大·塞维鲁进行额外装饰。
[3] 弗拉维圆形剧场(Amphitheatrum Flavium),即罗马斗兽场,位于罗马市中心的椭圆形剧场,是有史以来最大的古代剧场。因赞助修建的三位皇帝出自弗拉维王朝,也得名弗拉维圆形剧场。

候，扬言番红花才是诸君最适宜的安睡之所。

破坏与享乐携手促成消费社会的灭亡。附庸风雅将美食推向一种苦行。在这种场合，本质不在商品内部也不在消费者自身，而凝聚在商品被破坏的瞬间。拉韦纳的芦笋、塔兰托的牡蛎、西西里岛的海蛇、爱奥尼亚的松鸡、西班牙的蜂蜜、高卢的阉鸡、叙利亚的梨、努米底亚的松露，都不值一提，此外还有骆驼的踵肉、八目鳗的精巢、孔雀蛋、红鹤舌、浸润着番红花香油的刺猬肉、似鲤[①]的内脏、雄鸡的鸡冠、莺的脑髓等林林总总，餐桌上的食物使人不禁怀疑胃是否可以消化。赫利奥加巴卢斯的飨宴无疑会令维提里乌斯[②]和佩特罗尼乌斯嫉妒得咬牙切齿。

在焚烧阿拉伯香料的大理石大厅里，皇帝食用从活兽身上割下的肉，品尝遥远产地的虾蛄和蘑菇，用缟玛瑙的酒盅饮酒，啧啧称赞罗马人深爱的鱼肉，餐会结束后，他在番红花的浴槽里泡澡，又趿着拖鞋踏过蔷薇与水仙，回到装饰豪奢的卧室。陪同饮食的食客从各个阶级中选出，有威严的元老院议员、擅长乐器的娼妇、男娼以及自称哲

---

① 似鲤（*Hemibarbus barbus*）为栖居于河川和湖泊的日本固有的淡水鱼。据《罗马帝王纪》中的赫利奥加巴卢斯一章记载，宫廷人食用的是须鲷的内脏。
② 维提里乌斯（Vitellius，15—69），罗马帝国的皇帝之一（69年4月至12月在位）。相传维提里乌斯喜爱盛宴，继承王位后一次宴会的费用达到十万第纳里乌斯。

学家的各界人物。皇帝一时兴起，还会召集八位秃顶的老人、八位独眼的男人、八位耳聋的女人围坐在一张餐桌上。身体缺陷者迷惑的神情令他兴致盎然。揶揄持素食主义的犬儒派哲学家也是餐桌上必不可少的仪式。（请回忆路吉阿诺斯①那些辛辣无比的警句。）他吸取克利奥帕特拉与卡利古拉的才智，相信食用混在豌豆里的黄金颗粒、挂着琥珀的蚕豆和撒了珍珠粉的米饭，是可以恢复衰退肉欲的疗法。皇帝还梦想食用不死鸟，但因求之不得，只能从鸵鸟的脑髓里寻求慰藉，一日，他召集来食客六百人共同吃鸵鸟的脑髓。在埃伊纳的保罗②试吃鸵鸟的胸肉之前，还没有人吃过这般奇怪的食物。

他乘坐由四位公然裸露肌肤的女人拖曳的象牙与黄金之车，阵列整齐地从卡比托利欧山出发前往帕拉蒂尼，在各处驻留歇脚时，便邀请民众痛饮铜水盆里满溢而出的玫瑰色美酒。他也会探访娼妇的家，从她们身上拔下体毛，进行关于鱼水之欢时某种姿态的猥琐演说，丝毫不知疲倦。有施虐倾向的王嗜好的娱乐，是把宠爱之人的手脚绑

---

① 路吉阿诺斯（Lucianos，约120—180之后），也译作琉善（Lucian），罗马帝国时代的以希腊语创作的讽刺作家、修辞学家，生于叙利亚的萨莫萨塔，以游历月球的幻想短篇《信史》及一系列对话集闻名。
② 埃伊纳的保罗（Paulus Aegineta，约625—约690），亚历山大里亚医生，古希腊最后一位重要的百科全书式医学家。著有《七卷本医学纲要》（*Epitomae medicae libri septem*），几乎涵盖了当时的所有医学知识。

在水中旋转的车轮上，眺望他在水面上浮浮沉沉。王将其唤作"伊克西翁①的车轮"。某位年迈的放浪儿用颤抖的手盛满法拉诺酒后递出时，皇帝令他在瓮里收集一千只苍蝇。他也曾收集过一千只白鼠和一千只鼬。关于他如何愚弄价值规则，有个很好的例子。他在餐会上贩卖价格不等的奖券，愉快地欣赏买家期待落空或幸运中奖。这本是由奥古斯都皇帝创始的流行，但他蛮不讲理得出人意料。有的人得到十头骆驼，有的人却只得到十只苍蝇。如果座中有食客感到忿忿不平，皇帝就突然放掉他们坐的皮口袋的空气，看着他们不得不蹲在桌下吃饭，皇帝大笑不止。据朗普里狄斯所言，皇帝在盛满酒的运河上泛舟，重现海战的光景，他还令四头大象拉着战车驰骋在梵蒂冈山上，墓地被践踏得一片狼藉。令圣奥古斯丁喟然长叹的时代近在咫尺。

在陋巷里寻求快乐的极致，与出身最为贫贱的对象相拥爱抚，赫利奥加巴卢斯与只宠爱那喀索斯、只宠爱安提诺乌斯②的皇帝截然不同。至少哈德良可以以他们的美貌或被解放的奴隶身份为借口，但总不至于不忌讳世人的目

---

① 伊克西翁（Ixion），拉庇泰人的国王，在希腊神话中，因追求赫拉而被宙斯命赫耳墨斯将其绑在永远转动的火轮上。
② 安提诺乌斯（Antinous，约111—130之前），古罗马皇帝哈德良的同性情人。

光，与奴隶、马夫、挑夫、在公共浴场偶遇的体格强健的年轻人纵情声色！据希罗狄安所言，他的爱人希洛克勒斯本是马夫，某次从车上跌落，头盔里探出没有胡须的稚气面容和一头金发，皇帝看到后立刻看中了他，从那天起便与他过夜。希洛克勒斯似乎很快就拥有了比皇帝更大的权力，曾经是婢女的母亲也被接到罗马，被赐予与总督夫人同等的身份。……皇帝一度被出生于士麦那[①]的佐提克斯（狄奥称他阳物巨大无人能及）迷得晕头转向，若说这位希洛克勒斯的嫉妒，可是猛烈得很。佐提克斯本是竞技场（palaestra）的力士，却因被密探看中而被引进宫中成为礼仪官员。最初被召见时，他按照惯例称皇帝为"陛下"，赫利奥加巴卢斯像女子一样脸颊泛起红潮，淫荡地流转双眼，答道："不要称我陛下，我是一个女人。"但对佐提克斯的爱转瞬即逝。嫉妒得发疯的希洛克勒斯差遣酌酒的人灌他大量美酒，那个晚上在皇帝的寝室，他雄伟的男性象征未能派上用场。他很快就失去职位被驱赶出罗马。失宠反而救他一命，西菲利纳斯[②]诙谐地为这则逸事收尾。

[①] 士麦那（Smyrna），位于爱琴海伊兹密尔湾东南角，为地中海地区最古老的城市之一。今称伊兹密尔（Izmir）。
[②] 西菲利纳斯（Xiphilinus），十一世纪修道士。曾奉拜占庭帝国皇帝米海尔七世·杜卡斯（Michael VII Doukas）之命撰写狄奥·卡西乌斯的《罗马史》摘要。

*

如前文所述，赫利奥加巴卢斯亵渎了维斯塔的处女，还有迎娶她的企图，其中有双重意义。他希望自己的神巴力与帕拉斯结婚。神之化身的结婚是神的结婚在地上的投影。他认为罗马的先祖埃涅阿斯从特洛伊带来的帕拉斯女神像，才是与巴力的阳物像最相称的配偶。但不久后这个计划里重大的心理谬误被人察觉。保守贵族阶级的反对声音也纷至沓来。喜好逻辑、性情冷静的帕拉斯该如何与如火般倾向于官能的巴力合二为一呢？如果无论如何也要追求相反性质的统一，那么不是应该在与巴力原本的倾向相对立但属于同一血缘的女神中选择伴侣吗？太阳的破坏性酷热与月亮的冷静温柔，难道不应该寻觅此类的自然的互补吗？帕拉斯女神还因好战的性情被避讳，最终她被替换成迦太基的乌拉尼亚[①]。

乌拉尼亚崇拜隶属于从非洲传来的维纳斯信仰的系统，她被视作摩洛克的姐姐。她的躁动狂宴风格的祭祀和人肉牺牲都与巴力神崇拜如出一辙。乌拉尼亚的象征是金星，在日出时是男性而在日落时变为女性，就这样将两性

[①] 指阿佛洛狄忒的别名 Aphrodite Urania。古老神祇乌剌诺斯（Uranus）的生殖器被其子克洛诺斯砍下扔进大海，在形成的浪花中诞生了阿佛洛狄忒。乌拉尼亚同时也是九位缪斯之一的名字。

统一于单一的实体。如同黑格尔的辩证法，各原理包含其对立物，两个原理的综合在同时具备两性的唯一神身上实现。这种暧昧的卡巴拉式辩证法也与叙利亚的宇宙论异曲同工。塔尼特①、阿斯塔蒂、阿塔伽提斯②以及阿耳忒弥斯③等女神，她们均是迦太基的乌拉尼亚的变形或原型。自诸神之母伊什塔尔④诞生以来，这位右手持枪、身前匍匐着狮子的女神就出没在各个民族的古代母权制度的黄金时代里，成为最为完全的月的象征。赫利奥加巴卢斯也尊崇这位女神，但他和愿与女神同床共枕的卡利古拉不同，他将她让给他的神。……

神石的阴影不断蔓延，不祥之影覆盖了罗马全境。有诸多证言表明，当时梦想着人类之救济的理性主义精神，曾多次用极度不安的目光审视着堕入恐怖的阳物崇拜之

---

① 塔尼特（Tanit）是布匿人的一位女神，与其配偶巴耳·哈蒙（Baal Hamon）同为迦太基主神。她还是战神、童贞女神、母亲与养育的女神，同时也是繁衍的象征。迦太基军旗的图案由圆盘和新月组成，其中圆盘代表太阳神巴耳·哈蒙，新月则代表月神塔尼特。
② 阿塔伽提斯（Atargatis），叙利亚职司生育的女神之一。主要流行于叙利亚北部。
③ 阿耳忒弥斯（Artemis），希腊神话中的狩猎与生育女神，大自然的象征，奥林匹斯山上十二主神之一。她的对应神是罗马神话中的狄安娜。
④ 伊什塔尔（Ishtar），美索不达米亚女神，相当于西闪米特女神阿斯塔蒂的阿卡德语版本，在苏美尔神话中称伊南娜（Inanna）。主司性爱、繁殖和战争，也是金星的代表神，象征动物是狮子。伊什塔尔是一位双面女神，既是丰饶与爱之神，同时也是战争女神，一般认为与金星日夜不同的双面性有关。

物质主义的罗马。卢克莱修①、贺拉斯②和马可·奥勒留等人，可以说都是在普里阿普斯的原始支配下，寻求普遍法则崇拜的最初的人们。世界正沉入狂躁邪教的黑暗，他们为此感到深远的忧虑。

埃米萨的神已经完成了他的支配。这是对西庇阿和老加图③等古代的道德主义者们痛快的复仇，也是对过去的征服者们辛辣无比的嘲笑。巴力神长年来未能得到他所嗜好的人类祭品，青铜偶像随着古代迦太基的灭亡被破坏殆尽，不见踪影。至少在表面上，罗马人心怀厌恶地废弃了残酷的祭祀仪式。但仍有坚忍的皈依者，他们在皇帝的统治下也没有放弃举行全燔祭。皇帝有时亦会亲自打破律令，举行杀人祭祀的仪式。（康茂德曾在密特拉的秘仪上亲手屠杀人类。）赫利奥加巴卢斯的时代里，随着曾称霸腓尼基世界的伟大的神的复活，巴力神最大规模地获得了新生。若是其他诸神，或许能满足于动物和谷物的献祭。屠杀公牛的场景使人呕吐上涌，血潮在大理石上流淌成小

---

① 卢克莱修（Lucretius，约前99—约前55），罗马共和国末期的诗人和哲学家，以哲理长诗《物性论》（*De rerum natura*）闻名于世。
② 贺拉斯（Horace，前65—前8），奥古斯都时期的著名诗人、批评家、翻译家。与维吉尔同是拉丁语文学黄金时代的代表诗人，代表作有《诗艺》等。
③ 老加图（Cato the Elder，前234—前149），全名马尔库斯·波尔基乌斯·加图（Marcus Porcius Cato），罗马共和国时期的政治家，演说家。通称为老加图，以与其曾孙小加图区别。

河，苍蝇群将祭坛染得黑魆魆……然而只有巴力神要求人类的牺牲。在令人毛骨悚然的秘密神殿里，不得不被屠杀的人数目惊人。如昔日里普鲁塔克[①]的记述："没有孩子的女人为祭台上的焚烧仪式购买贫民阶级的孩子。母亲们只能强忍蹙眉和抽噎，目不转睛地注视眼下的光景。因为落泪既无法拿到赏钱，孩子也已经被戕害了。"（《关于迷信》[②]）

埃米萨的神与示巴女王类似，都贪婪地索取动植物和人类祭品以及种类繁多的奉纳品。少年大祭司被奇怪的施虐癖和超脱的欲望驱使，他不仅为自己的神，也为他蔑视的其他东方诸神献上祭品，他为手伸进温热的公牛内脏而陶然。杀戮的血腥气味为他的鼻孔带来难以言喻的满足。赫利奥加巴卢斯还试图通过某种咒术让自己的肉体与牺牲的血肉同化。他希望公牛和年轻人的活力可以转移到自己的身体里。根据弗雷泽（《金枝》）的说法，库柏勒祭祀中的公牛献祭（taurobolium）是一种咒术的秘密仪式——在格栅板上屠杀被花环装饰的公牛，皈依者藏身在格栅板下方的坑里，周身沐浴从上方滴落的温热血水。不

---

① 普鲁塔克（Plutarch，约46—125），古罗马时代的希腊作家、历史学家、哲学家，以《对比列传》（常被称为《希腊罗马名人传》）一书留名后世。
② 《关于迷信》（*De superstitione*）收录于普鲁塔克的政治宗教哲学随想集《道德论丛》（*Moralia*）。

难想象赫利奥加巴卢斯也沉湎于与人类最根源的渴求紧密相连的血腥献祭仪式。史学家一致认为，在他四年执政期的后期，他与库柏勒祭祀十分亲近。

皇帝埃拉伽巴路斯难道不是在试图以巴力为中心，重组东方宗教的序列吗？为此他有必要亲近全部宗教、全部教理教义与全部秘仪。不仅是罗马人尊崇的神圣器物，犹太人、撒马利亚人和基督教徒的圣器他也想搬进埃拉伽巴路斯神殿[①]。在出身于外地的塞维鲁家的宫廷里，融合主义（syncretism）已一时风靡，但他放眼的是更为长远的事物。他的宗教天赋让他超越了一切混合主义，他眺望的是完全的一神教世界。巴力神于他而言是唯一的主，宇宙唯一的创造力。效法阿蒙[②]和摩西，这位太阳神大祭司头顶上有一只角——象征着规制世界秩序的太阳光线的一只角！

巴力、朱庇特、狄俄尼索斯这三者间没有相似之处吗？耶和华不是也可以加入同一行列吗？正如普鲁塔克所言："犹太民族最为重要而完整的祭祀仪式，是某个时代里按照狄俄尼索斯的祭祀形式举行的。"基督教的神也与巴力相似，欲求普遍的事物。基督教里的毛驴既是生殖力

---

① 埃拉伽巴路斯神殿（Elagabalium），赫利奥加巴卢斯在帕拉蒂尼山东北部、罗马斗兽场前方修建的神殿。
② 阿蒙，古埃及主神，在绘画中头顶常饰有两根平行的羽饰。

的象征，同时也是谦让的象征。换言之，它是神圣的阳物与高贵的被动性的象征。赫利奥加巴卢斯对基督教徒的亲近感可以通过这样的一面来说明。在这个时代里，基督教徒尚未成为威慑帝国的力量。但如果他能活得更长，那么毫无疑问，他的宗派心性将驱使他镇压狂热的一神教徒。

基督教首先顺应了时代与环境，继而顽强地推行除自身以外别无其他救赎的排他原理。作为憧憬精神的秘密结社，它有策略地进行布道。最后它通过充沛而强韧的力量，战胜了诸多顽固狭隘、落后于时代的宗教——例如犹太教。当时已经不是地方小部族和共同体一味坚守自己教义的时代。令德尔图良[①]备感骄傲的时代已经到来："我们昨天初来乍到，你们的都城、殖民地、军队、宫殿、元老院和广场就已是被我们占满了。留在你们手上的就只有你们的神殿了！"

乍看之下，基督教的目标并非废除世界的罗马式构想，而似乎意在否认异教。圣奥古斯丁只将异教视为对手，才成为了罗马的伟大功臣。相反，不如说是破坏倾向极强的犹太教徒，徒劳地努力创造出便于他们未来统治的无政府状态。被称作《启示录》的复仇之书里所描绘的思想如下："巴比伦大城倾倒了，倾倒了！成了魔鬼的住处

---

① 德尔图良（Tertullian，约155或160—220之后），重要的早期基督教神学家，是首位用拉丁语著述的神学者。

和各样污秽之灵的巢穴，并各样污秽可憎之鸟雀的巢穴，因为列国都被她邪淫大怒的酒倾倒了，地上的君王与她行淫，地上的客商因她奢华太过就发了财。"[1]

基督教如夺目的纯白色百合在腐败的社会底层绽放，很快便征服了高卢、日耳曼尼亚和非洲大陆的民众。"基督教徒的血是种子"，诚如德尔图良所言，殉教者的鲜血才是苏生的一粒粒种子。同伴的数目日益增多，与此同时反基督教的事物所引起的恐怖与厌恶，也毫无疑问会将民众引向约定灵魂得救的人那里。众所周知，这一点最终被国家公认。然而埃拉伽巴路斯生活的那个时候，这个宗教却为促进社会解体赌上了全部，这一点想必无人知晓。护教论者也没有留下对皇帝不利的证言。崇敬皇帝与保护基督教，于他们而言理应是一致的。看到这位皇帝在诸多偶像里新加入一位令人羞耻的偶像时，对此姑息的护教论者们良心会经受怎样的疑惧？不如说赫利奥加巴卢斯令古老的诸位偶像沦落为更为兽性而荒蛮的一块黑石——巴力的阳物像——的卑贱的婢女，不是为基督教主义的膨胀做出了巨大的贡献吗？换言之，他预备了适于一神教的风土。似乎也可以说，通过难以预想的捷径，阳物崇拜将人类指引至弥赛亚的方向。这便是历史的逻辑悖论。

---

[1] 据和合本《新约·启示录》18:2–3。

*

关于赫利奥加巴卢斯的死有三种异说。

据朗普里狄斯的说法——亲卫队遭到皇帝的怨恨,为自保而密谋从皇帝的暴虐无道中解放国家。他们对赫利奥加巴卢斯的愤怒心怀恐惧,残杀了躲进便所的皇帝。其母尤利亚·索艾米亚斯也一同被杀。

希罗狄安则认为,那时流传着皇帝的表弟亚历山大[1]已经过世的流言,皇帝不得不出面和表弟一起在军队前辩驳。那时军队欢呼,要求将亚历山大选为新帝,皇帝想以叛军的罪名逮捕引发骚动的人。然而军队对驱逐暴君的时机静候已久,他们扑向皇帝,刚好在场的皇帝母亲也惨遭杀害。

最后是狄奥的说法——皇家人士为祭祀前往野外,那时在索艾米亚斯与玛麦亚之间发生了争执。二者均要求军队选择自己的孩子。当时皇帝很快在觉察到危险后逃走,藏身于箱子里。但最终还是被识破,他的身体被细致地切成碎块。抱着他的母亲也被一并戕害。……

关于此后的经过,三人意见一致。狂热的军队将他斩首,尸体赤裸着被拖在街道里示众,最后被拴在石头上从

---

[1] 指亚历山大·塞维鲁(Alexander Severus,208—235),是罗马帝国塞维鲁王朝的最后一个皇帝(222—235 年在位)。

埃米利亚^①沉入台伯河。时值 222 年 3 月 11 日。他结束了四年的统治，年仅十八岁。

---

① 原文作"エミリヤ橋"，疑指公元前二世纪中叶木桥拆毁后在原地修建的石桥埃米利乌斯桥（Pons Aemilius）。

后记（初版）

我从许久前就思索着以"异端的肖像"为题，写关于从古代到近代欧洲种种类型的绝对的探究者们的评传，将它们结集成册。

虽然简单地说是绝对的探究者，但在我脑海里存在的概念，比如被权力附体的人、被美附身的人、疯癫的帝王、梦想成为超人的人、魔法师、恶魔主义者、因自恋而破灭的艺术家、受重创的革命家、隐士、乌托邦主义者、创造无意义东西的发明家、疯狂的信徒、预言者、幻视者、犯罪者、杀人者……需同时具备其中的两项或三项，我不知道它是否严丝合缝地吻合世间的"异端"这一概念。但经由我擅自取舍抉择，入选"异端的肖像"的人物都（在物质和精神的意味上）在生涯里经历了绚烂的荣光之顶点和悲惨的破灭之深渊，我想明确的是他们都拥有如是双重经历。荣光与悲惨，权力与破灭——可以由之窥见这痉挛的二重性的存在，便是我脑海里的"异端"概念。痉挛愈激烈，则愈接近"异端"。因此，这一概念本是恣意的，愿诸君理解。

包括出现在最初的构想中却没有最终在本书中登场的人物，按时代顺序排列如下：焚烧了罗马的皇帝尼禄、相传与基督在同一时期行使奇迹的提亚纳的阿波罗尼乌斯（Apollonius of Tyana）、梅列日科夫斯基（Dmitry Merezhkovsky）的《诸神之死》中所描绘的叛教者尤里安、被认为是自动人偶发明者的教宗西尔维斯特二世（Silvester PP. II）、文艺复兴权力意志的体现者切萨雷·波吉亚（Cesare Borgia）、狂热的神权政治家萨沃纳罗拉（Girolamo Savonarola）、放荡的魔法师帕拉塞尔苏斯（Paracelsus）、占星家诺查丹玛斯（Nostradamus）、风格主义的皇帝鲁道夫二世（Rudolf II）、身兼收藏家及发明家的万能学者阿塔纳修斯·基歇尔（Athanasius Kircher）、欺诈师卡廖斯特罗、幻视者斯威登堡（Emanuel Swedenbor）、妖僧拉斯普京（Grigori Rasputin）等，不一而足。——关于这些人物，我已经在其他书（《梦的宇宙志》《黑魔法手帖》《毒药手帖》《秘密结社手帖》）里涉及，但若有机会还想续写。

*

这部书里最初的六篇于 1966 年 1 月到 11 月在杂志《文艺》上隔月连载，最后一篇是先前已收录于评论集《神圣受胎》(现代思潮社，1962年)文章的再次收录。卷首一篇《巴伐利亚狂王》，去年以《狂王》为题，单独刊行了附插图的限定版（PRESSE-BIBLIOMANE[①]刊行）。

对为我提供杂志连载机会的现任《文艺》总编杉山正树氏，和长时间静候这部书完成、向来为装帧煞费苦心的桃源社矢贵昇司氏，我由衷表示感谢。

涩泽龙彦

1967年2月于北镰仓

---

① Presse Bibliomane（プレス・ビブリオマーヌ）是芝三田的净土真宗本愿寺派教誓寺第十三代住持佐佐木桔梗（1922—2009）创立的刊行豪华限定本的出版社。从1956年至1981年，共出版过限定本57册。

后记（新版）

时光飞逝，初版刊行转眼间已有十年。

如今已与十年前大不相同，我在《异端的肖像》里选取的人物均已为人们所熟知，我想十年前的光景无法与之相比。无论是在欧洲抑或是在日本，情况大体上没有什么区别。

巴伐利亚的狂王被已故导演卢基诺·维斯康蒂①拍成电影（电影名为《路德维希或诸神的黄昏》②），这是维斯康蒂的最后一部作品。很遗憾这部电影没有在日本上映，我于今年6月逗留巴黎时碰巧看过，不胜感动。

贝克福德的《瓦泰克》则有矢野目源一氏的旧译复刊。巴塔耶的《吉尔·德·雷论》③已翻译出版，阿尔托的《赫利奥加巴卢斯或戴皇冠的无政府主义者》（*Héliogabale*

---

① 卢基诺·维斯康蒂（Luchino Visconti，1906—1976），意大利导演、编剧，对"二战"后意大利电影有重要影响。主要作品有《惊情》《白夜》《魂断威尼斯》等。
② 系《路德维希》（*Ludwig*）在日本上映时的片名。
③ 与前文中的《吉尔·德·雷审判》同指 *Le procès de Gilles de Rais*，该书于1969年在日本出版时标题为《吉尔·德·雷论》（ジル・ド・レエ論）。

ou l'Anarchiste couronne）也有了优美的日文版。

  作为《异端的肖像》的作者，我为出现这样的倾向感到荣幸。

涩泽龙彦

1977 年 10 月

后记（文库版）

《异端的肖像》原是隔月连载于杂志《文艺》的六篇文章（昭和四十一年[1]一月至十一月），添上最后的一篇，在桃源社作为单行本刊行（昭和四十二年五月）。最后一篇《颓废少年皇帝》最初以《狂帝赫利奥加巴卢斯》为题刊载于杂志《声》[2]第五号（昭和三十四年十月），后来收录在评论集《神圣受胎》（现代思潮社，昭和三十七年三月），此次为再录。昭和四十五年，《异端的肖像》另收录于桃源社的《涩泽龙彦集成》第五卷里。

时光飞逝，初版刊行转眼间已有十六年。在这十六年间里，我在《异端的肖像》里选取的人物不是和从前截然相反，均已为人们所熟知了吗？比如路德维希二世，已故的卢基诺·维斯康蒂的电影上映后，如大家所知，在日本已家喻户晓。比如吉尔·德·雷，在巴塔耶的社会学式论文的翻译出版后也为人所知。以及赫利奥加巴卢斯，他在

---
[1] 即1966年。昭和元年为1926年，后续年份不再另注。
[2]《声》为大冈升平、中村光夫、福田恒存、三岛由纪夫、吉川逸治、吉田健一六位同人于1958年创立的文学同人季刊杂志，于1961年冬季号后停刊。

阿尔托的诗式评传《戴皇冠的无政府主义者》翻译出版后风靡一时。与神秘学的流行一起，葛吉夫的名字也轻巧地浮上水面。

"异端"这个词，我在本书以外几乎没有使用过。禁不住使用这样的词汇，说不定是因为我受到了些许二十世纪六十年代风潮的影响。若真是如此，我不禁感到羞愧。如今重读旧作，年轻时写成的《颓废少年皇帝》艰深晦涩，令如今的我感到为难。想来诸位可以看在那时年轻的分上而宽恕笔者。

涩泽龙彦

昭和五十八年四月

本书于1967年由桃源社刊行，1983年收录于河出文库。敝社出版的《涩泽龙彦全集》第2卷及第7卷中收录的内容均以桃社版为底本，有若干异同之处。

在本书中，涉及身体及社会身份的内容从当今的观点来看，部分词汇带有歧视意味，也存在可能引起偏见的描写，阅读时请酌情考虑著者的意图以及时代背景。①

河出书房编辑部

---

① 本书《二十世纪的魔法师》一篇中文版有删节。——编者